DER MANN IM
MOND IST TOT

Zu diesem Buch:

Über 40 Jahre nach der ersten Mondlandung fliegt wieder eine bemannte Raumfähre auf den Erdtrabanten. Diesmal wurde ein europäisches Astronautenteam entsandt. Es landet im „Meer der Ruhe", am gleichen Landeplatz, den bereits Apollo 11 im Jahr 1969 anvisiert hatte. Die Wissenschaftler suchen nach tektonischen Veränderungen im Gelände – und finden dort eine nackte Leiche. Unter einem Geröllhaufen liegt ein unbekleideter Mann. Waren Mörder auf dem Mond? Hat sich bei der ersten Mondlandung ein grausiges Verbrechen ereignet? Europäische Regierungsbehörden verheimlichen den spektakulären Fund. Zunächst ersuchen sie bei der amerikanischen Regierung um Aufklärung. Doch die US-Diplomatie zeigt sich unzugänglich. Um politische Verstimmungen zu vermeiden, muss sich der Bundesnachrichtendienst mit eigenen Erkundigungen zurückhalten. In dieser verzwickten Situation beauftragt der Chef des Bundesnachrichtendienstes den Kölner Wissenschaftsjournalisten Stephan Teller zu einer verdeckten Recherche. Die Aufklärung eines spektakulären historischen Todesfalles entwickelt sich zu einer Enthüllung von höchster politischer Brisanz für das Tagesgeschäft der Weltpolitik. Stephan Teller findet sich auf verwirrende Weise in das Geschehen verstrickt und muss um sein Leben fürchten.

Christian Eckl, geboren am 18. Juni 1963 in Essen, verheiratet, eine Tochter, ist Inhaber eines Zeitschriftenverlags und einer Werbeagentur. Er veröffentlichte unter anderem einen essayistischen Erzählungsband mit biblischen Geschichten, der in fünf Sprachen übersetzt wurde, einen Wirtschaftskrimi, eine Neuauflage des Goetheschen Fauststoffes und einen Gedichtband über die Werke der Weltliteratur. Christian Eckl lebt mit seiner Familie in Bedburg bei Köln.

CHRISTIAN ECKL

DER MANN IM MOND IST TOT

Krimi

mitteldeutscher verlag

Bibliografische Information der Deutschen Nationalbibliothek
Die Deutsche Nationalbibliothek registriert diese Publikation in der Deutschen
Nationalbibliografie; detaillierte bibliografische Daten im Internet unter http://
d-nb.de.

2014
© mdv Mitteldeutscher Verlag GmbH, Halle (Saale)
www.mitteldeutscherverlag.de

Gesamtherstellung: Mitteldeutscher Verlag, Halle (Saale)
Lektorat: André Schinkel, Halle (Saale)

ISBN 978-3-95462-325-9

Printed in the EU

Inhalt

1. Buch
Der dritte Astronaut

General Valentin Wladimirow erschoss den Luftwaffenpiloten persönlich. *Als der junge Mann den General nach seinem Kameraden fragte, bat er ihn mit einer knappen Geste in sein Büro. Dann schloss der Vorgesetzte die Tür hinter sich, zog die Makarow aus dem Holster an seinem Gürtel und schoss seinen Untergebenen ohne zu zögern nieder. Mit drei Schüssen. Überflüssigerweise, denn schon der erste Schuss traf mitten ins Herz und war sofort tödlich.*

Um sein Ziel zu erreichen, hätte Wladimirow den Mann nicht einmal töten müssen. Er musste ihn nur zum Schweigen bringen. Damit er nie wieder unbequeme Fragen stellen würde. Das wäre auch bewirkt, wenn der General ihn in ein Lager nach Sibirien geschickt hätte. Ohne Wiederkehr. Diese Möglichkeit hätte ein hoher Militärbefehlshaber der Sowjetunion mitten im kalten Krieg 1969 durchaus gehabt. Ohne Angabe von Gründen. Niemand wagte eine solche Anordnung zu hinterfragen oder würde sich ihr gar widersetzen.

Aber Wladimirow zog es vor, den Mann einfach zu töten. Selbst. Nicht einmal vor ein Erschießungskommando wollte er ihn stellen. Er hatte in diesem Augenblick einfach das Bedürfnis danach. Und glaubte, für seine Wut einen guten Grund zu haben. In einem rechtsstaatlichen System hätte man das Mord genannt. Doch in seinem unmittelbaren Einflussbereich hatte der General die Macht über Leben und Tod. Ohne irgendwem darüber Rechenschaft ablegen zu müssen.

Manchmal dehnten sich die Grenzen dieses Einflusses auch weit aus. Denn dieser Mord hing eng mit einem anderen Todesfall zusammen, der sich zum gleichen Zeitpunkt an einem sehr entfernten Ort ereignete. Auch diesen Todesfall durfte man mit gesundem Rechtsempfinden als Mord bezeichnen.

„Schreiben Sie über die Mondlandung!"

Nur das nicht. Stephan Teller verdrehte die braunen Augen. 43 Jahre später fühlte er sich von einem Kindheitstrauma eingeholt. Schon als er vor zwei Jahren in der Zeitung gelesen hatte, dass die Europäische Raumfahrtorganisation ESA eine bemannte Mondlandung plane, hatte er einfach weitergeblättert. Mit diesem Thema hatte er lange abgeschlossen. Wenn sein Vater mit leuchtenden Augen davon erzählte, suchte er seit über vier Jahrzehnten schnell das Weite.

Chefredakteur Bernhardt hatte klare Vorstellungen, was er von seinen freiberuflichen Journalisten erwartete. Und Stephan Teller war nicht irgendein freier Mitarbeiter. Als leitender Redakteur verantwortete er den Wissenschaftsteil von Deutschlands renommiertester Wochenzeitung, der WOZ. Solche sogenannten festen freien Arbeitsverhältnisse spielten in seiner Finanzplanung eine wesentliche Rolle. Da konnte man nicht einfach ablehnen. Vor allem nicht, nachdem er erst vor wenigen Monaten von seiner gut verdienenden Ehefrau geschieden worden war. Stephan Teller versuchte es dennoch.

„Die Mondlandung interessiert heute doch niemanden mehr. Eigentlich ist das nichts anderes als eine über vierzig Jahre alte Nachricht im neuen Gewand. Die Ursprachen der Aborigines im australischen Busch hingegen …"

„… sind rund 40.000 Jahre älter und fordern unsere Aufmerksamkeit noch weniger dringend", unterbrach ihn sein Chefredakteur. „Entwickeln Sie doch etwas mehr Phantasie, Herr Teller, diesmal ist alles ganz anders. Jetzt sind wir auf dem Mond, wir Europäer. An dieser Stelle muss man die Geschichte anpacken und an das Wir-Gefühl der Leser appellieren."

„Ich dachte, unsere Verbundenheit mit den USA gehört zum konservativen Grundkonsens unserer Berichterstattung."

Der Chefredakteur steckte sich eine Zigarette unter seinen weißen Schnurrbart und fing an, schnell zu paffen.

„Ich habe ja nicht gesagt, dass Sie Feindbilder aufbauen sollen. Das meine ich eben mit Phantasie und Kreativität. Das eine tun und das andere nicht lassen."

„Ich würde eine Recherche historischer Kriminalfälle mit modernen wissenschaftlichen Methoden eigentlich viel spannender finden. Der Fall um Jack the Ripper ist für viele Leser heute noch interessant."

„Das wird er auch bis zum nächsten Jahr bleiben. Die Mondlandung dagegen ist das Thema der Stunde. Aber wenn Sie lieber nicht mehr für uns schreiben wollen …"

„Schon gut. Wann brauchen Sie die Geschichte?" Stephan Teller nahm seine randlose Brille ab und rieb mit Daumen und Zeigefinger der linken Hand sein schmales Gesicht. Er dachte an die Weine in seinem Keller, deren Qualität er am Wochenende immer wieder gerne überprüfte. Er brauchte das Honorar zugegebenermaßen nicht nur für seinen dringendsten Lebensunterhalt.

„Die europäische Mondmission ist vor fünf Tagen wieder auf der Erde gelandet. Wir sollten das Thema aufgreifen, solange es noch frisch im Bewusstsein der Öffentlichkeit ist. Eine Berichterstattung in der nächsten Ausgabe wäre gut, spätestens in der übernächsten, vielleicht können wir ja sogar eine Serie daraus machen."

„Serientauglich wäre doch viel eher eine Geschichte über Organspenden und den internationalen Organhandel. Da ist ethischer Zündstoff verborgen."

„Jetzt denken wir erst einmal an die Ethik der wirtschaftlichen Notwendigkeit und an unsere Auflage. In zehn Tagen brauche ich Ihren Beitrag über die Mondlandung. Und wenn dann noch nicht genügend Fakten vorliegen, schreiben Sie eben danach einen zweiten Beitrag."

Stephan Teller hing trübsinnigen Gedanken nach. Nachdem er die Redaktion der WOZ im Pressehaus an der Eupener Straße verlassen hatte, fand sein Auto nahezu allein den Weg zum Kölner Mediapark. Nur wenige hundert Meter davon entfernt lag im Souterrain eines Altbaus die kleine Büroetage, die er sich mit zwei anderen freiberuflichen Journalisten teilte. In seiner Bürogemeinschaft fand er es viel gemütlicher als in der WOZ-Redaktion.

Weitere positive Gedanken hatte der Wissenschaftsjournalist zur Zeit allerdings nicht. Warum mussten immer wieder Männer wie Wilhelm Bernhardt den Ton angeben? Oder Männer wie sein Vater? Männer, die schon so lange lebten, dass ihnen die erste Mondlandung noch wie eine Innovation vorkam. Ausgerechnet in dieses Horn sollte er jetzt mit seinem Beitrag stoßen. Warum sollte er da nicht gleich über die Erfindung des Rades schreiben?

Doch aller Widerstand schien zwecklos. Stephan Teller brauchte das Geld, das er bei der WOZ verdiente, dringender denn je. Als er noch mit Irene verheiratet war, konnte er auf das sichere Gehalt bauen, das sie als Archivarin verdiente. Doch jetzt lebte sie mit einem Biologieprofessor zusammen und investierte ihr Geld in gemeinsame Studienreisen in exotische Regionen.

„Soviel Lernfähigkeit hätte ich deiner Frau gar nicht zugetraut", lautete der einzige Kommentar seines Vaters dazu. „Endlich entscheidet sie sich für einen Partner, der nicht nur über die Wissenschaften schreibt, sondern selbst wissenschaftlich tätig ist. Eine eindeutige Verbesserung."

Er konnte also keinen Gedanken daran verschwenden, den Alten um Geld anzupumpen. Stephan Teller kam um die Mondgeschichte nicht herum. Dennoch konnte er nichts Spannendes daran finden.

Der Sommer 1969 war verkorkst. Stephan Teller hatte mit seinen Klassenkameraden gerade seinen siebten Geburtstag gefeiert. Doch die blöde Mondlandung hatte danach alles verdorben. Ihm konnte der Mond gestohlen bleiben.

Sein Vater aber musste unbedingt nach Amerika, um im Raumfahrtkontrollzentrum in Texas die erste Mondlandung zu begleiten. Der aufstrebende Wissenschaftler fühlte sich hochgeehrt, dass ihn Wernher von Braun in diesem historischen Sommer in sein Team nach Houston berufen hatte. Und Stephans Mutter fühlte sich hochgradig vernachlässigt, weil sie nun allein mit dem Kleinen auf die Nordseeinsel Juist fahren musste. Die Schreie der Möwen klangen zu schrill, der Wind führte zu viel Sand mit sich. Frau Teller hustete demonstrativ leidend.

Die Stimmung befand sich auf dem Nullpunkt, und der Urlaub entwickelte sich für Mutter und Sohn zu einer Katastrophe. Nicht einmal einen Fernseher gab es im Hotel. Auf dem langweiligen Fußweg zurück vom Abendessen im Restaurant blieb Frau Teller vor einem hell erleuchteten Wohnhaus stehen. Die Bewohner hatten wegen der schwülen Nachtluft die Fenster geöffnet. Die Mutter konnte hineinsehen, der kleine Stephan hatte nur die Unterkante der Fensterbank und dunkelrote Backsteine auf Augenhöhe.

Also nahm ihn seine Mutter auf den Arm und zeigte ihm ein fremdes Wohnzimmer. Wie gebannt starrte eine vierköpfige Familie auf einen Fernsehschirm und wandte den Beobachtern den Rücken zu.

Stephan quengelte. Auf den unscharfen, schwarzweißen Bildern ließ sich kaum etwas erkennen. Der Junge verstand auch nicht, warum der Mann im Fernsehen behauptete, dass ein Adler gelandet wäre. Das musste doch wohl das blöde Raumschiff auf dem Mond sein, wegen dem sein Vater wieder einmal keine Zeit für sie hatte.

Stephan wollte das überhaupt nicht sehen. Er hatte den Ver-

dacht, dass durch dieses Fenster nur ein kleiner Ausschnitt der Wahrheit gezeigt wurde. In Wirklichkeit ereigneten sich schlimme Dinge, die auch seinen Vater von ihnen fernhielten. Der Junge wollte nur noch weg. Doch die Mutter ignorierte sein leises Jammern genauso wie sein auffälliges Gähnen. Sie drückte ihn fest an sich und ließ den Fernsehschirm im fremden Wohnzimmer nicht aus den Augen.

Der feste Druck erwies sich als schwerer Fehler. Stephan hatte im Restaurant zuviel Limonade getrunken. Plötzlich konnte er sich nicht mehr halten. Mutter und Sohn bemerkten gleichzeitig, wie sie nass wurden. Der Junge an der Hose, die Mutter an der Bluse.

Fluchend ließ Frau Teller das Kind von ihrem Arm gleiten, nahm den Jungen an die Hand, lief mit ihm zum Hotel. An diesem Abend sprach sie kein Wort mehr mit ihrem Sohn, machte ihn nur noch sauber und steckte ihn sofort ins Bett.

Der Anblick des Mondes am Nachthimmel vor seinem geöffneten Fenster konnte Stephan nicht gerade trösten. Nie wieder wollte er etwas mit diesem Trabanten zu schaffen haben.

Der Verkehr floss auf der Widdersdorfer Straße im Gegensatz zur parallel verlaufenden Aachener Straße stadteinwärts ruhig und gleichmäßig. Der Journalist bemerkte nicht einmal, dass er sein Ziel fast erreicht hatte. Er suchte sich einen Parkplatz für seinen Volvo südlich des Mediaparks und lief zügig durch die wenigen Nebenstraßen zu seinem Büro.

In der sommerlichen Stadtluft rutschte ihm vor der Tür sein Schlüssel aus den Fingern. Er bückte sich danach und hob ihn auf. Doch dann gelang es ihm nicht mehr, sich aufzurichten. Eine stahlharte Hand drückte sein Genick nach unten und wirbelte ihn gleichzeitig herum, Richtung Straßenrand. Zwei weitere kräftige Hände drehten ihm einen Arm auf den Rücken und schoben ihn auf einen schwarzen Transporter mit abgedunkelten Scheiben zu. Eine Schiebetür öffnete sich. Der Journalist konnte gerade noch aus den Augenwinkeln erkennen, wie ihn zwei muskulöse Gestalten in olivgrünen T-Shirts, mit Motorradmützen auf dem Kopf, mit Schwung in das Innere des Laderaums beförderten. Handschellen klickten. Dann trug er plötzlich selbst eine Motorradmütze, wenn auch ohne Sehschlitz. Danach schwang die Schiebetür des Lieferwagens geräuschvoll zu. Stephan Teller nahm nur noch den Geruch von altem Motoröl im Laderaum wahr. Er hörte, wie Fahrer- und Beifahrertür zugeschlagen wurden. Der Motor heulte auf, der Wagen nahm Fahrt auf und schüttelte ihn unsanft durch.

Eindeutig nicht sein Tag. Zunächst fühlte sich der Journalist weitgehend desorientiert. Er konnte sich seine Lage nicht erklären. Dann beschlichen ihn diffuse Ängste. Handelte es sich hier um eine Entführung mit anschließender Lösegeldforderung? Bei ihm selbst gab es nicht viel zu holen. Und nach seiner Scheidung würde ihn auch privat niemand vermissen. Kinder hatte er keine. Sein Vater hatte keine hohe Meinung von ihm, weil er keine akademische Laufbahn eingeschlagen, sondern sich für den Beruf des Journalisten entschieden hatte. Er hielt es für anzweifelbar, ob Friedrich Teller für seinen Sohn größere Beträge flüssig gemacht hätte. Doch diese Frage blieb spekulativer Natur, denn auch sein Vater hatte in seinem Leben kein nennenswertes Vermögen angehäuft. Wenn die Entführer auf Lösegeld aus waren, hätten sie sich leicht ein lukrativeres Opfer suchen können. Die beiden Muskelprotze schienen oberhalb des Halses nicht so gut ausgestattet zu sein. Andererseits wirkte der Überfall so effizient und professionell, dass ein solcher Fehlgriff wenig logisch erschien.

Was also konnte sonst hinter dem Übergriff stecken? Die zunehmende Ratlosigkeit verstärkte seine Angst. Stephan Teller fühlte sich hilflos und ausgeliefert. Für die fremde Welt, in die man ihn so plötzlich hineingeworfen hatte, fand er kein Erklärungsmodell. Das war für einen Mann, der die Fünfzig bereits erreicht hat, eine völlig ungewohnte Situation. Eine schnell aufsteigende Welle der Wut verdrängte die Angst. Hier griff jemand in seine Intimsphäre ein und nahm ihm jede innere Sicherheit, die er sich in fünf Jahrzehnten mühsam aufgebaut hatte. Die Wirkung empfand er mindestens genauso schlimm wie eine körperliche Verletzung. Das würde er nicht ungestraft mit sich machen lassen. Der Journalist fühlte ein nie gekanntes Bedürfnis, um sich zu schlagen und auch jemanden zu treffen. Er hielt sich durch sein regelmäßiges Training im Fitnessstudio und seine ausgedehnten Joggingtouren für durchaus in der Lage, sich körperlich durchzusetzen. Doch dann vergegenwärtigte sich Stephan Teller die beiden Muskelpakete, die ihn einkassiert hatten. Realismus wich seinem Wunschdenken. Zunächst blieb ihm nichts anderes übrig, als abzuwarten.

Erstmals wehte auf dem Mond eine Fahne. Eine von Menschen gemachte Flagge. Doch nicht die ganze Menschheit hatte den Mond erobert. Die Fahne zeigte die Insignien eines ganz bestimmten Landes. Wenn diese Bilder um die Welt gingen, würde die Sensation perfekt sein. Hier auf dem Mond entschied sich der Wettlauf der großen Nationen um die Vorherrschaft auf der Erde. Der Astronaut, der die Fahne aufstellte, handelte in dem sicheren Gefühl, Weltgeschichte zu schreiben. Doch würde er auch zum Weltfrieden beitragen? Er glaubte es zumindest. Zunächst einmal beschäftigten ihn aber viel näher liegende Sorgen. Er wusste, dass die Bildqualität von Filmaufnahmen auf dem Mond sehr zu wünschen übrig ließ. Würde man daher das Motiv auf der Flagge im Film überhaupt erkennen können? Kontrastierte das Rot wirklich stark genug mit dem anderen Farbton auf der Fahne? Wenn das nicht der Fall wäre, könnte auf den grobkörnigen Schwarzweißaufnahmen hinterher nur eine dunkle Fläche auf der Flagge erkennbar sein. Wirklich ärgerlich, dass der verantwortliche Planungsstab auf der Erde darüber vorher nicht nachgedacht hatte. Bei einem so minutiös vorbereiteten Unternehmen hatte man dem symbolträchtigsten Requisit des ganzen Projekts kaum Beachtung geschenkt. Erst in letzter Minute hatte man ihm kurz vor dem Start die Flagge gegeben. Zwar fein säuberlich zusammengefaltet, aber nur mit einem einfachen schwarzen Stoffband verschnürt. Es handelte sich offensichtlich um eine Standardproduktion und nicht einmal um eine Spezialanfertigung mit besonders leuchtenden Farben für den vorgesehenen Zweck. Der Astronaut schüttelte den Kopf. Mit dem voluminösen Helm in der verminderten Schwerkraft der Mondatmosphäre wirkte diese Bewegung grotesk. Doch keine Kamera fing sie ein.

Die Fahrt dauerte nur kurz. Der Wagen konnte die Kölner Stadtgrenzen in der knappen Zeit kaum verlassen haben. Als der Transporter abrupt zum Stehen kam, stieß sich Stephan Teller den Kopf an der vorderen Trennwand des Laderaums. Die Schiebetür wurde aufgerissen, der Journalist an den Oberarmen gepackt und in einer fließenden Bewegung auf die Beine gestellt. Unter seinen Schuhsohlen registrierte er harten Boden. Man schob ihn vorwärts, und nach wenigen Metern wurde der Untergrund weich. Teppichboden. Hinter ihm fiel eine schwere Tür mit gedämpftem Klang ins Schloss.

Seine Bewacher drückten ihn auf einen weich gepolsterten Stuhl. Sie nahmen ihm zuerst die Handschellen ab, dann die Motorradmütze. Stephan Teller blickte nach oben und kniff sofort die Augen zusammen. Ein schmerzhaft grelles Licht blendete ihn. Neonröhren hingen wie frei schwebend an einer hohen Decke. Dann sah er sich nochmal vorsichtig um und erkannte, dass er in einem gediegenen Konferenzraum an einem schweren Eichentisch saß. „Nähmaschinenfabrik von 1899" konnte er in verschnörkelter Schrift auf einer dekorativen alten Holztafel über der Tür lesen. Er tippte auf ein altes Gewerbegebiet im Kölner Westen. Er wollte aufstehen, doch die beiden Entführer drückten ihn wortlos in den weichen Sessel zurück. Stephan Teller drehte den Kopf vom einen zum andern.

„Wollt ihr denn gar nicht von der Welt verstanden werden? Ihr seid doch auch sensibel und sehnt euch nach Liebe. Dann teilt euch mit, vielleicht mag man euch danach sogar."

Keine Reaktion.

Nach einigen Minuten hörte Teller, dass sich hinter ihm eine weitere Tür öffnete und sanft wieder schloss. Noch bevor er sich umdrehen konnte, kamen schnelle Schritte auf ihn zu und umrundeten ihn. Der Anblick des Mannes, der sich in seinem Gesichtsfeld nun in einen Sessel auf der anderen Seite des Konferenztisches fallen ließ, beruhigte ihn und irritierte ihn zugleich. Er wusste jetzt, dass er hier keinem kriminellen Übergriff ausgesetzt war. Doch dass dieses brutale Vorgehen in einem Rechtsstaat mit gesetzlicher Billigung ablaufen konnte, verursachte ihm gewaltiges Unbehagen.

Er kannte den Mann. Zwar war er ihm nie persönlich begegnet, doch jeder halbwegs informierte Journalist hatte schon Fotos von Paul Kleve gesehen. Das rundliche Gesicht mit dem fliehenden Kinn, bartlos und mit leicht geröteter Haut, prangte immer dann auf den Titelseiten der großen Tageszeitungen, wenn eine Spionageaffäre die Weltpolitik erschütterte. Überraschend fand er nur, dass der Präsident des Bundesnachrichtendienstes mit ungewöhnlich hoher Stimme sprach.

„Danke, dass Sie unserer Einladung so spontan gefolgt sind, Herr Teller."

„Das ist doch selbstverständlich. Aber nachdem ich einer so hochgestellten Persönlichkeit den nötigen Respekt erwiesen habe, verstehen Sie gewiss, dass mich nun wieder die Arbeit ruft."

Stephan Teller versuchte sich erneut zu erheben, wurde aber wiederum mit zwingender Gewalt in seinen Sessel gedrückt.

Kleve beugte seinen untersetzten Körper nach vorne und legte die Hände flach auf die Tischplatte.

„Aber wollen Sie denn gar nicht wissen, warum ich eigens aus Berlin ins launige Köln gekommen bin, um mit Ihnen zu sprechen? Und warum Sie unter etwas ungewöhnlichen Umständen hierhin eingeladen wurden?"

„Die Antwort auf Ihre erste Frage ist mir egal, das ist Ihre Sache. Ihre zweite Frage aber interessiert mich tatsächlich brennend. Doch die würde ich viel lieber öffentlich diskutieren, vielleicht in einem offenen Brief in der WOZ: Darf eine staatliche Institution wie der BND unbescholtene Bürger ohne Erklärung gewaltsam ihrer Freiheit berauben?"

Teller strich sich über seinen gepflegten, kurz rasierten Vollbart.

„Sie könnten diese Frage ja dann in einem Exklusivinterview beantworten."

„Sehr pikant. Aber vielleicht gibt es Fragen, für die ich Sie noch dringender interessieren kann."

„Das wage ich in meiner augenblicklichen Lage zu bezweifeln."

„Sie schreiben demnächst über die Mondmission der ESA."

„Der BND ist noch besser informiert, als ich es für möglich gehalten hätte."

„Manchmal ist Spionage eine hohe Kunst, gelegentlich werden wir aber auch überschätzt. In einigen Fällen genügt es, einfach die Zeitung zu lesen. Ihr Chefredakteur hat in der letzten Ausgabe einen größeren Bericht über die Mondlandung angekündigt. Da ist es leicht zu kombinieren, dass dieser Beitrag voraussichtlich vom leitenden Wissenschaftsredakteur verfasst wird."

Stephan Teller nahm sich vor, die Zeitung, für die er schrieb, in Zukunft selbst etwas genauer zu lesen.

„Dann ist ja alles geklärt. Sie brauchen nur die nächste Ausgabe zu lesen, und schon haben Sie alles, was ich weiß."

„Vielleicht möchten wir ja Ihnen Informationen geben."

„Ich habe noch nie gehört, dass der BND freiwillig mit irgendwelchen Fakten herausrückt."

„Na gut, wir wollen dafür auch etwas von Ihnen."

„Journalismus ist nicht käuflich. Ich verändere keine Faktenlage, um einen Vorteil zu erhalten."

„Das sollen Sie keinesfalls. Wir möchten nur Ihre Recherchegrundlage ein wenig erweitern."

„Was erwarten Sie als Gegenleistung?"

„Nur das, was sowieso Ihre Aufgabe ist. Sie sollen Ihre Arbeit gründlich machen."

„Das nehme ich Ihnen nicht ab."

„Na ja, außerdem sollten Sie uns immer zuerst über das Ergebnis Ihrer Recherchen unterrichten. Information gegen Information."

„Wenn Sie die anschließende Veröffentlichung nicht behindern oder beeinflussen, hört sich das akzeptabel an."

Schweigen.

Das folgende Räuspern Kleves klang wie das eines Schülers im Stimmbruch.

„Dieses Thema ist brisanter, als Sie es sich vorstellen. Sie können mehr daraus machen."

„Das will ich überhaupt nicht. Der ganze Wirbel um die Mondlandung ist nach meiner Ansicht völlig überzogen. Das habe ich meinem Chefredakteur auch schon gesagt, aber ich soll die Geschichte unbedingt schreiben."

„Das sollten Sie."

„Noch einer."

„Wie bitte?"

„Nichts. Ich habe nur gerade überlegt, ob ich wirklich noch mehr in dieser Geschichte herumstochern will. Das lohnt sich doch gar nicht."

„Wir bezahlen für Ihre Recherche. Das fünffache Redaktionshonorar. Zusätzlich."

Stephan Teller dachte an seinen Weinkeller.

„Einverstanden. Aber was ich hinterher schreibe, entscheide ich allein. Sie bezahlen nur die Recherche."

„Das ist der Deal."

„Dann machen Sie's kurz. Was soll ich recherchieren? Je schneller ich das hinter mich gebracht habe, umso eher kann ich mich wieder interessanteren Themen zuwenden."

„Sie unterschätzen die Dimension der Angelegenheit völlig. Diese Recherche wird Ihr Leben verändern. Und nicht nur Ihres, Sie werden Geschichte schreiben."

„Wissen Sie, wie viele Informanten mir so etwas schon versprochen haben? Von Ihnen hätte ich da mehr Realismus erwartet."

„Ich habe noch nie von einem Journalisten gehört, der sich so wenig für Sensationen interessiert. Ihr Name könnte gleich neben Woodward und Bernstein in die Geschichte des Journalismus eingehen."

„Sind Sie jetzt Spion oder Marktschreier? Soll ich etwa an Außerirdische glauben, die zufällig auf dem Mond gelandet sind? Warum recherchieren Sie eigentlich nicht selbst, wenn das Thema wirklich so brisant ist?"

Kleve schlug die Augen nieder.

„Ich darf nicht."

„Was soll das heißen? Alle Welt weiß, dass die ESA ihr Aurora-Programm zur Erforschung des Mondes und des Planeten Mars vorgezogen hat. Vor wenigen Tagen war eine vierköpfige Crew internationaler Astronauten auf dem Mond, die mit der russischen Trägerrakete Sojus ins Weltall transportiert wurde."

„Alles bekannt."

„Eben, die eigentliche Nachricht besteht darin, dass die Europäer eng mit den Russen zusammenarbeiten und die Amerikaner bei der Mission außen vor sind. An dieser Stelle wollte ich die Geschichte anpacken, doch ich weiß, dass ich damit keine Neuigkeiten mehr verkünde. Das wird schon seit Monaten in allen Politikressorts breitgetreten."

„Auch das weiß ich. Im Fernsehen ist die Mondlandung von vielen Millionen Menschen gesehen worden."

„Übrigens haben diese Mondlandung im 21. Jahrhundert immer noch weniger Menschen live an den Bildschirmen mitverfolgt als die erste Mondlandung 1969. Obwohl es heute viel mehr Fernsehgeräte gibt. Das Interesse lässt spürbar nach."

„Wir haben Bilder von der Mondlandung, die bisher noch nicht veröffentlicht wurden. Was darauf zu sehen ist, ändert alles. Bevor wir Ihnen den Film zeigen, unterzeichnen Sie bitte hier."

Der BND-Chef öffnete eine Aktentasche neben seinem Sessel und legte dem Journalisten ein Formular vor, auf dem der Bundesadler prangte. Stephan Teller überflog den Inhalt, der keine für seriöse Journalisten unannehmbaren Forderungen enthielt. Quellenschutz galt in der Branche als selbstverständlich, ebenso das Einverständnis, Exklusiv-Informationen erst nach Freigabe zu veröffentlichen. Er zog einen Kugelschreiber aus der Innentasche seines Leinenjacketts und unterschrieb.

Auf einen Wink Kleves verließ einer seiner beiden Mitarbeiter den Konferenzraum und kam kurz darauf mit einem Laptop zurück. Er stellte das Gerät an das Kopfende des Tisches, so dass Teller und Kleve den Film gemeinsam verfolgen konnten, der nun auf dem Display startete. Der Film hatte keinen Ton, bedurfte aber auch keines Kommentars. Tatsächlich kannte Stephan Teller bisher alle Aufnahmen der neuen Mondlandung des CSTS-Raumschiffs. Auch wenn er das Thema nicht aktiv mitverfolgt hatte, ließ sich diese Kenntnis gar nicht vermeiden. Jede Nachrichtensendung im Fernsehen hatte alle verfügbaren Bilder in den letzten Tagen bis zum Einschlafen wiederholt. Aber diese Sequenz hatte der Journalist noch nie gesehen. Das CSTS-Mondlandemodul hatte im „Meer der Ruhe" aufgesetzt, auf dem gleichen Landeplatz, den die Astronauten damals für Apollo 11 ausgewählt hatten. Eine Reminiszenz an Neil Armstrong, Edwin Aldrin und Michael Collins. Aber auch mehr als das. Die Wissenschaftler wollten tektonische Veränderungen im Gelände nach über vierzig Jahren untersuchen. Doch die europäischen Astronauten entdeckten etwas ganz anderes. Es gab keinen Zweifel daran, was sie vorfanden. Der Film lief in brillanten Farben gestochen scharf vor Stephan Tellers Augen ab. Noch nie hatte der Journalist in einem einzigen Augenblick seine Meinung so grundlegend geändert. Er wusste plötzlich, dass er nichts auf der Welt (und auf dem Mond) mehr wollte, als diese Geschichte zu recherchieren. Notfalls auch ohne Bezahlung. Was er hier sah, reizte seinen journalistischen Jagdinstinkt aufs Äußerste. Und verursachte ihm gleichzeitig atemraubende Beklemmungen.

Unwillkürlich musste er in diesem Augenblick an seinen Vater denken. Das Weltbild des alten Herrn würde durch diese Entdeckung schwer beschädigt werden. Der Journalist konnte sich eines kleinen Lächelns nicht erwehren. „Die Amerikaner sind die natürlichen Partner der Deutschen", hatte Friedrich Teller seinem halbwüchsigen Sohn oft erklärt. „Wir haben die gleichen unverbrüchlichen Wertesysteme und einen freiheitlichen Rechtsstaat. Auch unsere überlegenen Wirtschaftssysteme basieren auf den gleichen Grundsätzen der freien Marktwirtschaft."
Niemand hatte beim Fall der Mauer 1989 und beim nachfolgenden Zusammenbruch der Sowjetunion lauter gejubelt als Friedrich Teller. „Unsere Systeme sind eben die besten. Und die Amerikaner können alles noch ein bisschen besser als wir Deutschen. Wenn dann aber doch einmal ein Deutscher überragende Leistungen bringt, holen ihn sich die Amerikaner eben."
An dieser Stelle wusste Stephan Teller, dass sein Vater gleich zum Eigenlob übergehen würde.
„Wie zum Beispiel Wernher von Braun, den deutschen Übervater der amerikanischen Raumfahrttechnologie und

der ersten Mondlandung. Wernher von Braun hat dann schließlich mich geholt, gerade noch rechtzeitig, im Sommer 1969. Vielleicht kannst du ja später auch in Amerika tätig werden, wenn du deine wissenschaftliche Ausbildung hinter dir hast, Stephan."

Friedrich Teller konnte es seinem Sohn nicht verzeihen, dass er sein Biologiestudium nicht abgeschlossen und ein Volontariat bei einer kleinen Tageszeitung begonnen hatte. Zumindest lamentierte er darüber länger und lautstärker als über den frühen Tod seiner Frau. Warum nur war seinem Sohn nicht *sein* Ehrgeiz gegeben, mit der großen amerikanischen Raumfahrernation wissenschaftlich zusammenzuarbeiten?

Doch die Bilder, die gerade vor Stephan Tellers Augen abliefen, warfen einige Schatten auf den Ruhm der ersten Mondlandung. Das konnte Friedrich Teller unmöglich gutheißen. Vielleicht würde er seinem Sohn sogar die Publicity neiden, die ihm diese Veröffentlichung einbringen konnte. Die Kamera zeigte einen ungewöhnlichen Aufnahmewinkel. Die CSTS-Mondlandefähre befand sich mehrere hundert Meter im Hintergrund. Der Bildvordergrund zeigte einen Geröllhaufen. Zwischen dem Mondgestein ragte etwas hervor, das wie eine zerknitterte alte Pergamentrolle aussah. Die Kamera zoomte näher heran: Aus der großen Pergamentrolle sprossen fünf kleine Pergamentrollen hervor. Ein Arm mit einer Hand und fünf Fingern. Dann kamen zwei Astronauten ins Bild – der deutsche und der französische Kollege, wie Teller an den Flaggensymbolen auf den Oberarmen der Raumanzüge erkennen konnte. Sie räumten das Mondgestein beiseite und hatten in wenigen Minuten eine unbekleidete Leiche freigelegt. Die Europäische Raumfahrtmission hatte einen nackten Toten auf dem Mond gefunden.

Galten auf dem Mond eigentlich die irdischen Gesetze? Das Gesetz der Schwerkraft zumindest nicht in gleicher Gewichtung. Doch wie verhielt es sich mit gesetzlichen Vorschriften, mit der Verfassung, die beispielsweise die Menschenrechte schützte? Immerhin ein Astronaut beschäftigte sich 1969 auf dem Mond mit diesen Gedanken. Aus gegebenem Anlass. Doch er kam zu keinem klaren Schluss. Denn er hielt die Sachlage nicht für eindeutig. Immerhin befand man sich auf einem Eroberungszug. Im wahrsten Sinne des Wortes fremde Welten sollten für die eigene Nation eingenommen werden. Das könnte man auch als einen Kriegszustand begreifen. Im Krieg galten aber bekanntlich andere Regeln. Als ehemaliger Berufssoldat wie damals alle Astronauten kannte er sich mit juristischen Feinheiten nicht besonders gut aus. Aber er kannte seine Aufgabe ganz genau. Er sollte den Mond für sein Land in Besitz nehmen und damit die Überlegenheit seiner Nation beweisen. Wenn die Erfüllung dieser großen Aufgabe Opfer erforderte, musste er sie eben bringen. Er hatte eindeutige Befehle. Aber zumindest konnte man über die Gesetzeslage ja einmal nachdenken. Auch wenn er für sich persönlich keine unterschiedlichen Handlungsoptionen sah.

„Warum ich?" Nachdem der Bildschirm erloschen war, brach Stephan Teller das minutenlange Schweigen mit einer naheliegenden Frage.

„Warum zeigen Sie mir diese Bilder und erwarten von mir, dass ich hier recherchiere? Ihnen stehen beim BND doch ganz andere Ressourcen und Zugangsmöglichkeiten offen. Sie wären bei Ihren Nachforschungen schneller und effektiver."

Kleve räusperte sich schrill.

„Ich sagte doch, dass ich das nicht darf."

„Wer kann Ihnen das verbieten?"

„Die Bundesregierung. Ich muss ihr in dieser Sache direkt berichten. Sie fürchtet diplomatische Verwicklungen."

„Ich verstehe nicht ganz."

„Ja, glauben Sie denn, wir hätten nicht schon alles versucht, um herauszufinden, wie diese verdammte Leiche auf den Mond kommt? Selbstverständlich haben wir Erkundigungen bei unseren amerikanischen Freunden eingezogen."

„Und?"

Kleve senkte die Augenlider. „Ich habe die Amerikaner noch nie so zugeknöpft erlebt. Sie haben uns auf höchster diplomatischer Ebene zu verstehen gegeben, dass zu diesem Thema keine Anfragen erwünscht sind. Ihr Präsident soll sogar in dieser Sache persönlich angerufen haben. Danach wurde ich ins Bundeskanzleramt bestellt."

„Dann haben Sie jetzt also einen Maulkorb."

„Sie aber nicht."

„Ich beginne zu begreifen. Wir müssen in amerikanischen Kreisen recherchieren, denn die Amerikaner sind vor über vierzig Jahren an der gleichen Stelle gelandet. Nur sie können wissen, was es mit dieser Leiche auf sich hat."

„Es war eine Schnapsidee, für die erste Mondlandung der Europäer den gleichen Landeplatz wie Apollo 11 auszuwählen. Wir hätten den Ort lieber als Meer der ‚ewigen‘ Ruhe so belassen sollen."

„Aber die Fakten müssen auf den Tisch."

„Manche Geheimnisse bleiben besser unentdeckt. Doch das habe ich nicht zu entscheiden. Die Bundesregierung hat mich beauftragt, alle diplomatischen Verwicklungen zu vermeiden, aber dennoch diskret weiter nachforschen zu lassen."

„Diskretion ist in diesem Zusammenhang nicht einfach."

„Wem sagen Sie das. Ich brauche wohl kaum zu betonen, dass dieses Gespräch nie stattgefunden hat. Sollten Sie unter Druck geraten oder Ihre Aktivitäten vorzeitig öffentlichen Anstoß erregen, müssten wir leugnen, Sie zu kennen."

„Warum beunruhigt mich das nur nicht?"

„Dennoch sollten wir den Informationsaustausch weiter aufrechterhalten."

„Wie?"

Auf einen Wink des Spionagechefs führte einer seiner Mitarbeiter eine sportlich wirkende Frau Ende dreißig mit kurzgeschnittenem mittelblondem Haar herein.

„Darf ich Ihnen Ihre neue Redaktionsassistentin vorstellen?"

„So etwas kann ich mir nicht leisten."

„Chefredakteur Bernhardt hat einen Etat für das Honorar der Dame für die Dauer Ihrer gegenwärtigen Recherchen bereitgestellt. Ein vernünftiger Mann, der die richtigen politischen Kontakte hat und überflüssige Fragen vermeidet. Er ist nicht eingeweiht und fragt geschickterweise nicht immer nach den Gründen für Gefälligkeiten."

„Ich arbeite grundsätzlich allein."

„Diesmal nicht. Wenn Sie die Geschichte wirklich wollen, müssen Sie die Regeln akzeptieren. Die Dame arbeitet undercover und heißt Nina Speyer."

Stephan Teller hob resignierend die Hände. „Dann wird

Frau Speyer Sie wohl laufend über meine Arbeit informieren. Doch damit die Recherche in Gang kommt, müsste der Informationsfluss zunächst einmal umgekehrt laufen. Was ist das für eine Leiche? Haben die Amerikaner 1969 eine Mumie auf dem Mond entsorgt?"

„Wenn es nur das wäre. Der Tote, übrigens ein Mann, liegt in der Gerichtsmedizin hier in Köln. Die Untersuchungen laufen noch."

„Aber etwas werden Sie doch schon wissen. Wann ist er gestorben?"

Paul Kleve zog ein Gesicht, als habe er in eine Zitrone gebissen: „Ende der sechziger Jahre."

„Wie kann das sein? Die Leiche sieht viel älter aus. Eben wie eine Mumie."

„Auf dem Mond gibt es keinen Sauerstoff und auch keine Mikroben. Also gibt es dort auch keine Verwesung. Durch das extreme Temperaturgefälle von über 250 Grad Celsius zwischen Mondtag und Mondnacht wird das Gewebe spröde, und der tote Körper ähnelt in seiner Struktur immer mehr einer uralten Mumie."

„Wie ist er gestorben?"

„Soweit sind wir mit unseren Untersuchungen in der Gerichtsmedizin noch nicht. Wir wissen auch nicht, ob wir das mit unseren Methoden im Labor allein herausfinden können. Dafür sind Sie da, machen Sie sich an die Arbeit!"

Stephan Teller stand auf.

„Vergessen Sie nicht, Ihre Redaktionsassistentin mitzunehmen."

Als Stephan Teller an diesem Abend nach Hause kam, schloss er die Tür seiner Maisonettewohnung zweimal hinter sich ab. Er wollte ganz sicher gehen, von niemandem mehr gestört zu werden. Seinen Bedarf an Überraschungen betrachtete er für diesen Tag als gedeckt. Mit Nina Speyer hatte er sich schicksalsergeben für den nächsten Morgen in seinem Büro verabredet. Aber nicht zu früh.

Jetzt öffnete der Journalist erst einmal seinen Weinklimaschrank im Untergeschoss und entnahm daraus einen einfachen italienischen Montepulciano, den er am Morgen dort deponiert hatte. In optimaler Trinktemperatur von achtzehn Grad. Ein leichter Rotwein, genau richtig für einen schwülen Sommerabend. Dazu bereitete er sich ein Nudelgericht aus schwarzen Spaghetti Sepia mit Auberginenwürfeln sowie viel Knoblauch und Olivenöl zu. Mit dem Wein, seinen Nudeln und etwas Parmesan setzte er sich auf den großen Balkon vor der verglasten Giebelwand seines Wohnzimmers im Obergeschoss der Wohnung. Mehr Gesellschaft brauchte er nicht. Sagte er sich selbst und versuchte es zu glauben. Im Weinglas spiegelte sich das Mondlicht. Stephan Teller übersah den trügerischen Glanz und konzentrierte sich auf Wein und Nudeln. Essen sei die Erotik des Alters, hatte er zuletzt in einer Gourmetzeitschrift gelesen. An den nächsten Tag wollte er nicht denken. Die Nacht durfte ruhig noch etwas länger werden. Im Schrank lag eine zweite Flasche Montepulciano.

In diesem Augenblick klingelte das Telefon. Stephan zog die Mundwinkel herunter und nahm das Gespräch an.

„Nina Speyer hier, wir haben den Obduktionsbericht."

„Schön, den können Sie mir ja morgen zeigen, wenn wir uns treffen."

„Ich dachte, Sie wollten das sofort wissen."

„Bis morgen kann ich die Spannung schon noch aushalten. Holen Sie sich im Supermarkt heute Abend doch eine Flasche Montepulciano, dann fällt Ihnen die Wartezeit bis zum Morgen nicht ganz so schwer."

„Was ist denn Montepulciano?"

„Trockener italienischer Rotwein."

„Spinner."

Nina Speyer hatte aufgelegt. Stephan Teller starrte irritiert auf das Telefon in seiner Hand. Der Rest seiner schwarzen Nudeln hatte sich ziemlich abgekühlt und klebte jetzt etwas zusammen. Typisch, immer mussten Frauen die Atmosphäre verderben. Er füllte sein Weinglas zum vierten Mal nach. Schade, dass man so etwas nur allein genießen konnte.

„Aber scheint ja wohl besser so zu sein", murmelte der Journalist vor sich hin, klappte seinen Balkonstuhl nach hinten und begann leise zu schnarchen. Das Weinglas glitt aus seiner Hand. Stephan erwachte von dem klirrenden Geräusch, als es auf den Balkonfliesen zersprang.

„Den Rotwein wische ich morgen weg. Interessiert sich ja doch keiner dafür, wie es hier aussieht."

Dann schlurfte er nach unten, um die nächste Flasche zu holen.

„Der Tod ist durch Sauerstoffmangel eingetreten."

Stephan Teller wusste, dass er in den nächsten Tagen einige Fragen der beiden Kollegen in seiner Bürogemeinschaft beantworten musste, als er ihre vielsagenden Blicke sah. Da er nach einem langen Abend wieder einmal spät im Büro eintraf, hatten sie Nina Speyer schon hineingelassen. Sie hatte sich ihnen als seine neue Redaktionsassistentin vorgestellt und wollte auf ihn warten. Doch Erklärungen hierzu stellte er erst einmal zurück. Denn die Informationen, die sie mitbrachte, nahmen seine ganze Aufmerksamkeit in Anspruch.

„Die Ergebnisse der gerichtsmedizinischen Untersuchung sind eindeutig."

„Wie können die das so genau wissen?"

„Die Leiche enthielt noch alle Organe, wie gesagt, unverwest. Das Gehirn zeigte die symptomatische Anschwellung, die in den ersten zehn Minuten nach Unterbrechung der Sauerstoffzufuhr eintritt."

„Das heißt, der Mann ist auf dem Mond infolge von Sauerstoffmangel gestorben?"

„Davon muss man wohl ausgehen. Wenn man nicht annehmen will, dass die Amerikaner heimlich eine Leiche nach einem Druckkammerunfall auf der Erde dort entsorgt haben. Aber ein solcher Aufwand wäre völlig unsinnig."

„Beängstigende Erkenntnis: Drei Männer kommen lebend auf den Mond. Nur von zweien wissen wir. Und auch nur diese zwei kommen lebend wieder zurück."

„Sprechen Sie's ruhig aus, Herr Teller."

„Stephan. Wenn wir schon als Redaktionsteam zusammenarbeiten, müssen wir uns mit Vornamen ansprechen, Nina. Sonst ist deine Tarnung nicht glaubhaft."

„Von mir aus. Aber lenk' nicht vom Thema ab."

„Mord. Mord auf dem Mond."

„Stimmt. Es ist wohl kaum vorstellbar, dass nur ein Astronaut ein technisches Problem mit der Sauerstoffzufuhr hatte und die anderen ihm nicht geholfen haben. Seine Sauerstoffzufuhr wurde unterbrochen, um ihn zu töten."

Stephan Teller rieb sich die Augen und dachte an die Zellen, die der Alkohol in der letzten Nacht in seinem Gehirn abgetötet hatte. Auch ohne Sauerstoffmangel.

„Die Schlussfolgerung ist logisch. Aber sie wirft viel mehr Fragen auf, als sie beantwortet. Wie genau wurde die Sauerstoffzufuhr unterbrochen?"

„Warum geschah das?"

„Wer hat die Unterbrechung verursacht und den Mann damit getötet?"

„Wer ist der Tote?"

„Und wie kam er überhaupt auf den Mond?"

„Ich weiß nicht. Ein geheimer Astronaut, von dem die

Welt nichts wusste? Oder ein blinder Passagier im Raumschiff? Alles sehr bizarr."

Nina Speyer presste ihre volle Unterlippe zwischen Daumen und Zeigefinger. „Wo setzen wir mit unserer Recherche an?"

„Wenn wir die Identität des Toten kennen würden, wären wir einen großen Schritt weiter. Du müsstest noch einmal bei der Gerichtsmedizin nachfassen. Irgendwelche Hinweise zur Herkunft des Mannes müssen die uns geben können, sei es auch nur ansatzweise."

„Ich will es versuchen, aber ich finde, jetzt bist du erst einmal an der Reihe. Du hast bisher nur Informationen von uns bekommen, aber noch nichts geliefert. Zeig doch mal endlich deine journalistischen Kompetenzen in der Recherche."

Der Journalist erwiderte den unterkühlten Blick der Agentin. Sie trug keinen Schmuck und hatte kurze, unlackierte Nägel. Die Frisur hätte ein Mann genauso tragen können. Die Figur unter ihrem modischen Overall konnte man kaum erahnen. Möglicherweise könnte sie sehr attraktiv sein. Mit einem anderen Outfit. Doch eine solche Wirkung lag offenkundig nicht in ihrer Absicht.

Stephan Teller konnte das nur recht sein. Er wollte diese Kooperation so schnell wie möglich beenden, und ihre letzte Bemerkung motivierte ihn nicht gerade, seine Haltung zu ändern.

„Gut, ich werde dich in ein paar Tagen über die Ergebnisse meiner Recherche informieren."

„Nichts da! Ich bin immer bei deinen Nachforschungen dabei. So ist es abgesprochen."

Teller schüttelte resigniert den Kopf. „Aber auf die Toilette darf ich noch allein gehen, oder? Inzwischen kannst du schon einmal zwei Tickets in die USA für uns buchen. Möglichst kurzfristig, den Etat dafür haben wir ja."

„Was willst du jetzt in Amerika? Die Astronauten, die die Leiche gefunden haben, sind Europäer."

„Und die Astronauten, die sich damals gleichzeitig mit dem Toten auf dem Mond aufgehalten haben, sind Amerikaner."

Nina spielte nachdenklich an ihrem Ohrläppchen. „Zeitzeugen. Die müssten wissen, was 1969 passiert ist. Gut, ich kümmere mich um den Flug."

Hinter ihm an der Wand hing eine Porträtaufnahme eines populären niederländischen Operettensängers, der erst kürzlich im Alter von 108 Jahren gestorben und noch bis an sein Lebensende auf der Bühne aufgetreten war. Neil Armstrong bemerkte Stephan Tellers Blick auf das Foto.

„Der Mann ist mein Vorbild. Ich will mindestens genauso lange durchhalten. Außerdem hatte er eine fast fünfzig Jahre jüngere Frau."

Ein Zwinkern, dann ein Seitenblick auf Nina. Beide saßen auf weich gepolsterten Besucherstühlen vor dem Schreibtisch im Arbeitszimmer des berühmten amerikanischen Astronauten in seinem Privathaus in Lebanon im Bundesstaat Ohio. Dem Interview-Wunsch hatte der über achtzig Jahre alte Raumfahrer sofort zugestimmt, als er hörte, dass Stephan Teller für eine große deutsche Zeitung über die europäische Mondlandung schrieb.

„Ich halte es für einen schweren Fehler, dass unser jetziger Präsident die Pläne für einen weiteren amerikanischen Mondflug im 21. Jahrhundert auf Eis gelegt hat", erklärte er ungefragt zur Eröffnung des offiziellen Gesprächs. „Meine Freunde und ich sind sehr beunruhigt, dass die USA ihre hart errungene globale Führung in der Raumfahrttechnologie an andere Nationen abtreten."

Diesen Satz trug Armstrong im hämmernden Tonfall einer einstudierten und oft wiederholten Phrase vor. „Präsident

Bush hatte im Jahr 2004 eine viel vernünftigere Entscheidung getroffen, als er eine erneute bemannte Mondlandung ankündigte. Doch der Mann, der heute im Weißen Haus sitzt, hat alles rückgängig gemacht und uns schwer enttäuscht."

„Wirtschaftlich höchst unerfreulich, vermutlich auch für Sie persönlich. Wenn wir richtig informiert sind, sind Sie doch an mehreren Unternehmen beteiligt, die ihr Geld mit Raumfahrttechnologie verdienen. Einige davon haben Sie sogar selbst gegründet."

Ein zorniger Blick aus glühenden Augen. Ein paar Schweißtropfen standen auf seiner Stirnglatze. Dann ließ er seinen immer noch kräftigen Oberkörper in den Sessel zurückfallen und breitete in ergebener Geste die Arme aus.

„Wie viele andere ehemalige Astronauten ebenfalls."

Der Mann hatte auch in fortgeschrittenem Alter noch eine beeindruckende physische Präsenz und wirkte durchaus fit. Mit schnellen, sicheren Schritten hatte er seine Besucher zuvor in sein Arbeitszimmer geführt. Der Vergleich mit dem niederländischen Operettenstar könnte für Armstrong tatsächlich Zukunft haben, dachte Teller.

„Sagen Sie, dieser alte Sänger da auf dem Bild hinter Ihnen, ist der nicht schon bei den Nazis populär gewesen?", wechselte der Journalist das Thema.

Armstrongs Blick bohrte sich einige Sekunden zu lange starr in die Augen seines Gegenübers. Dann schnaubte er verächtlich: „Sie wollten doch über die Mondlandung sprechen. Damals und heute."

„Mich interessieren momentan eher die Vorgänge von 1969."

Armstrongs Blick leuchtete heller, erlosch aber bei Tellers nächster Bemerkung gleich wieder.

„Sie sind ja nicht allein auf dem Mond gewesen."

„Nein, ich hatte nur die bescheidene Rolle, der Erste zu sein. Sie wissen ja: ‚Ein kleiner Schritt für einen Menschen, ein großer Schritt für die Menschheit.‘“

„Schon klar, mit diesem Schritt sind Sie in die Geschichte eingegangen. Doch wie gesagt waren Sie zwar der Erste, aber nicht der Einzige.“

„Sie können sich gar nicht vorstellen, welch unglaubliche weltpolitische Bedeutung es damals hatte, als Amerikaner der erste Mann auf dem Mond zu sein. Doch es stimmt schon, was Sie sagen. Edwin Aldrin, den alle nur ‚Buzz‘ nennen, begleitete mich damals.“

„Und Michael Collins blieb in der Mondumlaufbahn im Mutterschiff.“

„Das ist doch allgemein bekannt.“

„Gab es denn damals auch Vorkommnisse oder Zusammentreffen, die bis heute nicht bekannt sind?“

„Was denn für Vorkommnisse? Was meinen Sie mit Zusammentreffen? Wen sollen wir denn da getroffen haben? Den Mann im Mond vielleicht?“

„Ein weiterer Mann auf dem Mond? Interessanter Gedanke. Erinnern Sie sich denn an so etwas?“

Der alte Astronaut öffnete den Mund und ließ den Unterkiefer einen Augenblick herunterhängen, schloss ihn aber wieder wortlos. Eine lange Minute hing drückendes Schweigen im Raum. Die Wangenmuskeln des Raumfahrers zuckten. Dann lief ein kleiner Ruck durch seinen Körper, und er begann zu sprechen.

„Hören Sie, die Richtung, die dieses Gespräch nimmt, gefällt mir überhaupt nicht. Es gab schon einmal lächerliche Verschwörungstheorien über unseren historischen Raumflug, Leute haben behauptet, wir wären nie auf dem Mond gewesen und hätten die Landung nur in einem Filmstudio auf der Erde nachgestellt. Wenn so etwas jetzt schon wieder losgeht …“

„Keine Sorge, unsere Zeitung ist seriös, wir halten uns nur an erwiesene Fakten."

„Schön, dann schreiben Sie, dass Buzz und ich 1969 auf dem Mond gelandet sind, sonst niemand."

„Sie werden aber verstehen, dass die Menschen nach mehr als vierzig Jahren gern auch noch etwas Neues über die erste Mondlandung erfahren möchten. So ist es für die Leser doch viel interessanter. Erinnern Sie sich denn an nichts, über das noch nicht berichtet wurde?"

Wieder sah Armstrong Stephan Teller lange an. „Sie gefallen mir, Junge, Sie lassen nicht locker. Ich will über Ihre Frage nachdenken. Wenn mir etwas einfällt, lasse ich es Sie wissen."

„Darf ich mich auch melden, wenn ich noch andere Fragen habe?"

„Jederzeit, wir müssen die Bedeutung von bemannten Mondmissionen im Bewusstsein der Weltöffentlichkeit wachhalten. Wer auf meiner Seite steht, bekommt von mir immer eine starke Unterstützung. Leben Sie wohl, junge Dame, Mr. Teller."

Im Hauseingang winkte der alte Astronaut seinen beiden Besuchern hinterher, als sie zu ihrem am Straßenrand geparkten Mietwagen gingen.

„Ich wünsche Ihnen einen sicheren Rückflug. Sie wissen ja, dass wir heutzutage überall mit Anschlägen rechnen müssen. Die Welt wird immer gefährlicher, wenn wir nicht zusammenhalten."

Die Fahrt zum Columbus International Airport verlief schweigend. Im Coffeeshop vor dem Terminal versuchte es der Journalist mit einer auflockernden Bemerkung.

„Kompliment, Nina, du hast dich geschickt zurückgehalten."

„Für ganz blöd musst du mich nicht halten. Außerdem habe ich nur meine Arbeit gemacht."

„Freut mich zu hören. Auch wenn ich deine Aktivitäten nicht so recht wahrgenommen habe."

„Die Wahrnehmung ist eben dein Problem. Ich habe beobachtet. Typische Agententätigkeit." Ein schiefes Lächeln, nur angedeutet.

„Und was hast du gesehen?"

„Das, was Armstrong sah. Er hat sich deinen Presseausweis zu Beginn des Gesprächs lange angesehen, länger als nötig. Dabei hat er stumm die Lippen bewegt."

Teller zog eine Augenbraue hoch.

„Das machen alte Leute häufig, wenn sie einen Text entziffern und sich die Inhalte einprägen wollen."

„Stimmt. Als er später am Schreibtisch saß, hat er sich auf einem Zettel einige Zeilen notiert, offensichtlich aus dem Gedächtnis. Wettest du dagegen, dass es deine Kontaktdaten waren?"

Der Journalist schüttelte langsam den Kopf: „Gut, wenn ihm noch etwas einfällt, soll er mich ja auch anrufen."

„Das wusste er zu dem Zeitpunkt aber noch nicht."

„Punkt für dich. Hältst du den alten Knaben für gefährlich?"

„Schwer zu sagen. Undurchsichtig ist er auf jeden Fall – und nicht so geradeheraus, wie er sich gibt. Bestimmt weiß er mehr als er sagt."

„Unbedingt. Es gab vor über vierzig Jahren einen Toten auf dem Mond, und er war dabei, als er gestorben ist."

„Schon, aber auf die direkte Art bekommst du aus dem nichts mehr heraus."

„Aus Armstrong nicht. Aber es gibt ja noch einen zweiten Astronauten, der 1969 vom Mond zurückgekehrt ist. Edwin Aldrin muss auch alles mitbekommen haben."

„Der lebt heute in Südkalifornien, glaube ich."

„Dann kümmere du dich um Tickets nach Los Angeles. Ich versuche, einen Termin zu vereinbaren."

Ihr Flug ging am nächsten Morgen, das Gespräch mit „Buzz" Aldrin wurde für den übernächsten Tag terminiert. Stephan und Nina hatten für die Nacht zwei Einzelzimmer im Airporthotel gebucht und für den Abend ein Taxi ins Stadtzentrum von Columbus bestellt. Jetzt saßen sie in einem Steakhouse.

„Damit kann man hier nichts falsch machen", meinte der Journalist, als er sich auf der Speisekarte ein Rib-Eye-Steak aussuchte.

„Ich nehme lieber einen Spinatsalat."

„Bist du etwa Vegetarierin?"

Das Klingeln ihres Handys ersparte Nina eine Antwort. Sie nahm es aus ihrem kleinen Rucksack, meldete sich mit einem knappen „Ja!", nickte mehrmals heftig, bedankte sich nach weniger als zwei Minuten und legte auf. Die Agentin schaute kurz an die Decke, schürzte die Lippen und machte sich dann aus dem Gedächtnis einige kurze Gesprächsnotizen auf einem kleinen Block.

Teller verdrehte die Augen.

„Mach's nicht so spannend."

„Lass uns erst bestellen."

Der Kellner kam an ihren Tisch und Stephan Teller orderte zu seinem Steak eine Flasche chilenischen Carménère.

„Willst du dich jetzt etwa betrinken?"

„Ich dachte, du hilfst mir bei der Flasche."

„Nein, danke, ich nehme ein stilles Wasser. Kein Alkohol bei der Arbeit."

„Stimmt, du bist ja so etwas wie eine Polizistin."

„Unsinn, aber einen klaren Kopf brauche ich schon."

„Ich auch, nur haben wir morgen gar keinen Gesprächstermin. Im Flugzeug kann man auch mit einem etwas schwereren Kopf sitzen."

„Ich hasse Kopfschmerzen. Warum sollte ich überhaupt viel trinken? Mache ich nie."

„Schon einmal etwas von Genuss gehört?"

„Was ist, bist du jetzt bereit für neue Informationen?"

„Was glaubst du, warum ich dich überhaupt mitgenommen habe?"

„Danke für das Kompliment. Egal. Wir haben jetzt weitere Erkenntnisse aus der Gerichtsmedizin."

„Nun red schon."

„Wir können zu 95 Prozent davon ausgehen, dass der Tote auf dem Mond ein Russe ist. Zumindest ein Slawe aus dem ehemaligen Ostblock."

„Woher wissen die das so genau?"

„Typische Schädelstruktur, hohe Wangenknochen."

„Hört sich ein bisschen rassistisch an."

„Stimmt aber, zumindest in vielen Fällen. Wir leiten daraus ja auch keine Charaktereigenschaften ab oder bewerten Menschen. Willst du jetzt politisch korrekt sein oder lieber deine Recherchen weiterführen?"

„Schon gut, das klingt für mich aber dennoch etwas dünn."

„Wir haben noch mehr. Die Zahnfüllungen."

„Ich denke, so etwas dürfen Raumfahrer nicht haben."

„Das ist eine Legende. Amalgamfüllungen sind kritisch und können sich ausdehnen, Provisorien aus Zement auch. Aber Gold ist kein Problem."

„Und unsere Mondleiche hatte eine Goldfüllung?"

„Zwei, aber sehr sparsam und aus einer russischen Charge. Typisch für den Ostblock der sechziger Jahre."

„Das könnt ihr alles bei der Gerichtsmedizin ermitteln?"

„Was lange währt, wird endlich gut."

„Die Amerikaner haben also einen toten Russen auf dem Mond zurückgelassen?"

„Sieht ganz so aus. Aber wie ist der dahin gekommen?"

Der Journalist nahm die Brille ab und rieb seine Augen.

„Ende der sechziger Jahre hatte Spionage Hochkonjunktur. Vor allem zwischen Russen und Amerikanern. Warum sollte also nicht ein russischer Spion unentdeckt an Bord von Apollo 11 gewesen sein, dem damals wichtigsten technologischen Projekt der Amerikaner?"

„Das klingt aber sehr phantasievoll."

„Tatsache ist, dass jetzt eine russische Leiche auf dem Mond gefunden wurde, die dort vor über vierzig Jahren ermordet worden ist. Irgendein Erklärungsmodell müssen wir finden. Das ist zumindest eine Arbeitshypothese."

„Na schön, mal sehen, wie gut Edwin Aldrin diese Idee als Ausgangspunkt unseres Gesprächs finden wird. Diesmal würde ich auch gerne einige Fragen stellen."

„Da kommt mein Wein. Und unser Essen."

„Du kannst doch jetzt nichts trinken, wir stecken mitten in der Arbeit."

„Wir sitzen beim Abendessen. Sogar Spinatsalat ist ein Nahrungsmittel. Willst du nicht doch etwas von dem Wein probieren?"

„Verschon mich."

„Die Carménère-Traube ist zugegebenermaßen etwas schwer. Aber gleichzeitig auch weich und …"

„Ich fass' es nicht. Wir stehen hier vor dem unerklärlichsten Mordfall der Geschichte, und du erzählst mir von irgendeinem Wein. Wir haben einen gewaltigen Berg Arbeit vor uns, jetzt ist Leistung gefragt."

„Das ist die Frage. Ist Leistung der Sinn des Lebens oder Genuss?"

„Wir diskutieren jetzt nicht über Sinnfragen, wir müssen handeln. Für philosophische Betrachtungen haben wir später Zeit."

„Dann handle doch. Solange wir nicht mit Aldrin gesprochen haben, kannst du nichts machen. Der Mann ist unsere nächste Option."

„Aber erst in zwei Tagen."

„Eben, bis dahin können wir auch noch etwas Wein probieren. Versteh mich bitte richtig, ich will auch die Lösung dieses seltsamen Mordfalls finden. Aber manchmal kommt man in entspannter Haltung dem Ziel etwas näher."

Nina Speyer ließ die Gabel in ihren Spinatsalat fallen und fuhr allein mit dem Taxi zum Hotel zurück.

Am nächsten Tag sprach sie auf dem Flug nach Los Angeles kein Wort mit dem Journalisten, der im Sitz neben ihr immer wieder seine Brille abnahm und mit Daumen und Zeigefinger der rechten Hand Augen und Nasenrücken rieb.

Sie trafen sich im International Conference Center, zwanzig Autominuten vom Flughafen der Welthauptstadt des Films entfernt. Edwin Aldrin empfing sie dort in einem unpersönlich eingerichteten Besprechungszimmer, das er eigens für diesen Zweck angemietet hatte. Er wirkte schlanker und etwas kleiner als der gleichaltrige Neil Armstrong, außerdem deutlich förmlicher in seinem dunklen Zweireiher, hochgeschlossenem Hemd und perfekt gebundener Krawatte. Auch Aldrin hatte eine leichte Stirnglatze und weiße Haare. Genau wie sein Raumfahrerkollege wirkte er vital und trainiert, gleichzeitig aber deutlich zerbrechlicher. Doch auch ihm sah man seine über achtzig Jahre nicht an.

Er sprach mit dünner Stimme und starrte dabei ins Leere über die Köpfe seiner Besucher hinweg: „Ich wusste, dass Sie kommen."

„Klar", antwortete Stephan, „wir haben uns ja auch angemeldet."

„Ich wusste das aber schon vor Ihrem Anruf."

„Woher?"

„Wir alten Kameraden sind gut vernetzt."

„Dann hat Armstrong Sie also angerufen, nachdem wir ihn besucht hatten?", schaltete Nina sich ein.

„Nicht nur mich. Wie ich ihn kenne, hat er vermutlich auch die NASA, die CIA, den Senat und den Kongress angerufen."

Mit etwas mehr Temperament vorgetragen, hätte diese Bemerkung durchaus Heiterkeit hervorrufen können. Doch die betonungslose dünne Stimme verursachte den beiden Besuchern eher Beklemmungen. Dass neben der Modulation auch das Minenspiel fehlte, lockerte die Situation ebenfalls nicht gerade auf.

„Sie sollen gefährlich sein, habe ich gehört. Deshalb wollte ich Sie mir erst einmal auf neutralem Boden ansehen und nicht so gern zu mir nach Hause einladen. Obwohl das nicht allzu weit von hier ist."

Stephan Teller versuchte sich an einem Lächeln: „Sehen wir wirklich so unheimlich aus?"

„Der Satan kommt oft in Gestalt eines Engels des Lichts, heißt es in der Bibel."

„Wir haben schon über Sie gelesen, dass Sie ein religiöser Mensch sind."

„Aber deshalb bin ich nicht naiv. Oder unaufmerksam. Verschwörungen gegen die Diener des Guten lauern überall."

„Sie sind auch Freimaurer."

„33. Grad des Schottischen Ritus. Genau wie viele andere Astronauten. Schon vor meiner Mondlandung gehörte ich zur Montclair Lodge No. 144."

„Und auf dem Mond haben Sie dann als erster Mensch die heilige Kommunion gefeiert."

Edwin Aldrin nickte stumm mit heruntergeschlagenen Lidern.

„Aber wenn ich mich recht erinnere", warf Nina ein, „folgt vor der Kommunion nach kirchlichem Ritus doch die Vergebung der Sünden. Hatten Sie zuvor denn irgendwelche Sünden begangen, die Sie beichten mussten?"

Der alte Astronaut schlug die Augen blinzelnd wieder auf und hob ruckartig den Kopf. „Wir alle begehen auf Erden viele Sünden, mein schönes Kind. Doch auf dem Mond herrschen andere Sphären."

Nina blinzelte zurück: „Das verstehe ich nicht. Können Sie mir das genauer erklären, Edwin? Ich darf Sie doch Edwin nennen?"

„Nein."

„Wie bitte?"

„Sie dürfen mich nicht Edwin nennen. Ich habe diesen Vornamen schon Anfang der achtziger Jahre abgelegt und meinen Spitznamen ‚Buzz' als offiziellen Vornamen angenommen. So hat mich früher immer meine kleine Schwester genannt."

„Ach ja?"

„Genau genommen hat sie ‚Buzzer' gesagt. Sie wollte mich eigentlich ‚Brother' nennen, aber die Aussprache hat sie noch nicht hinbekommen. Daraus wurde dann Buzz."

„Nette Geschichte, Buzz. Aber zurück zur Mondlandung. Welches Unrecht ist dort geschehen?"

„Überhaupt kein Unrecht." Zum ersten Mal erhob sich die dünne Stimme. „Alles, was 1969 auf dem Mond passierte, geschah zur höheren Ehre Gottes und seines Volkes, der großen amerikanischen Nation."

„Ob die Russen das auch so sehen?"

Aldrin ließ seine Augen unstet hin- und herrollen. „Wieso die Russen?"

„Na ja", schaltete sich Stephan mit betonter Gelassenheit wieder in das Gespräch ein. „Ist 1969 auf dem Mond nicht ein Russe ums Leben gekommen?"

Die Stimme wurde noch dünner: „Wie kommen Sie auf so eine Idee?"

„Ende der sechziger Jahre standen die internationalen Geheimdienste im Zenit ihrer Aktivitäten. Könnte sich da nicht auch ein russischer Spion an Bord von Apollo 11 verirrt haben?"

Buzz Aldrin stand abrupt auf. „Sie verstehen überhaupt nichts, belästigen Sie mich nie wieder mit solch unausgegorenen Geschichten. Und ziehen Sie bloß nicht die ruhmreiche Geschichte der Eroberung des Mondes in den Schmutz. Ich warne Sie, der Kosmos schlägt zurück."

Mit gerade durchgedrücktem Rücken verließ der alte Astronaut den Raum.

Nina sah Stephan kopfschüttelnd an. „Der Kosmos schlägt zurück. Das muss man sich mal auf der Zunge zergehen lassen."

„Hatte der nicht früher ein Alkoholproblem?"

„Habe ich auch gelesen. Das sollte dir eine Warnung sein."

Das Journalistenduo verließ das Conference Center und trat ins gleißende Sonnenlicht. Auf dem kurzen Weg zu ihrem Mietwagen hatte ihnen die unbarmherzige kalifornische Hitze bereits den Schweiß aus den Poren getrieben. „Was jetzt, großer Ermittler?", fragte Nina, als sie sich in den Beifahrersitz fallen ließ.

Der dunkelgrüne Mietwagen fuhr los. In 36.000 Kilometern Höhe registrierte ihn ein Satellit und gab dessen Daten an ein Lenkwaffensystem weiter. Technisch bedeutete das kein Problem. Denn der Journalist hatte das Fahrtziel ‚Los Angeles International Airport, Westchester Parkway' in das Navigationssystem des Autos eingegeben, um den Weg in der fremden Stadt leichter zu finden. Es handelte sich um ein handelsübliches GPS-System. Ursprünglich wurde diese Navigationstechnik zu militärischen Zwecken entwickelt. Deshalb findet man mit GPS im Auto nicht nur jedes gewünschte Ziel auf der Erde, sondern kann von diversen Satelliten im Weltraum aus auch selbst auf den Meter genau geortet werden, sogar im Zustand der Fort-

bewegung mit vorausberechneter Fahrtstrecke. Der funk-
gesteuerte Kopf der Lenkwaffenrakete richtete sich daher
selbstkorrigierend auf das Dach des angemieteten Honda
Accord aus, in dem Stephan und Nina ihrem Bestim-
mungsort entgegenfuhren. Der Mikrochip in der Steue-
rungseinheit der Rakete berechnete die Zeit bis zum Ein-
schlag ins Ziel mit zweieinhalb Minuten.

„Wer den Weltraum kontrolliert, kontrolliert die Welt", sagte der spätere amerikanische Präsident Lyndon B. Johnson schon im Jahr 1961.

„Doch wer den Weltraum einmal erobert hat, der muss ihn auch immer wieder verteidigen", sagte sich ein Astronaut, der 1969 auf dem Mond gelandet war.

So bildete er nach seiner aktiven Zeit zukünftige Astronautengenerationen in Luft- und Raumfahrttechnik aus, damit seine Nation auch in Zukunft stets über genügend kompetenten Nachwuchs verfügte, der in seine großen Fußstapfen auf dem Mond treten konnte.

Doch wie allen einmal sehr erfolgreichen Menschen genügte dem Raumfahrer schon nach wenigen Jahren die reine Lehrtätigkeit nicht mehr. Er wollte wieder etwas bewirken, die Welt verändern (und den Kosmos), Macher sein.

Mit seinem berühmten Namen öffneten sich für ihn alle Tore in Wirtschaft und Industrie. Die Banken überschütteten ihn mit Finanzierungsangeboten, als er seine erste eigene Firma in der Raumfahrtindustrie gründete. Sie glaubten an den großen Namen und hielten den Erfolg des Unternehmens für unvermeidlich.

„Willst du das wirklich machen?", fragte ihn sein einziger echter Vertrauter und Freund, der die gleiche Last trug wie er.

„Ich fühle mich an der Uni wie in einem Käfig. Wenn das so weitergeht, bekomme ich noch Depressionen."

„Rede nicht so leichtsinnig über Depressionen. Du mit deinem Selbstmitleid weißt überhaupt nicht, was echte Depressionen sind. Diese monatelangen Qualen in irgendwelchen Kliniken willst du bestimmt nicht erleben."

„Schon gut, tut mir leid, Alter."

Sie stießen mit ihrem Bourbon an, hatten beide schon längst zuviel getrunken. Eine halbe Flasche in weniger als vierzig Minuten. Sie saßen in der Junggesellenwohnung seines Freundes, einem Penthouse mit der schrillen Einrichtung, die Ende

*der siebziger Jahre modern war, auf einem orangefarbenen
Sofa. Sein Weggefährte hatte sich gerade zum zweiten Mal
scheiden lassen, und um seine Ehe stand es auch nicht zum
Besten.*

*„Ich meine ja auch nur, dass wirtschaftlicher Erfolg allein
auch nicht glücklich macht. Not leiden werden wir zwei in
diesem Leben sowieso nicht mehr.“*

„Jedenfalls keine materielle Not.“

*„Hast du schon einmal darüber nachgedacht, ehrenamtlich
tätig zu sein, vielleicht eine Stiftung zu gründen? Ich würde
so etwas später gern machen, wenn ich mich wieder stabiler
fühle.“*

*„Das ist nichts für mich. So nebenbei, vielleicht. Aber ich will
handeln und Verantwortung tragen.“*

*„Trägst du an unserer alten Verantwortung nicht schon schwer
genug?“*

„Ich habe auf dem Hinweg kurz vor dem Ziel eine Weinhandlung gesehen. Vielleicht kann ich dort eine oder zwei Flaschen Cabernet Sauvignon als Andenken mitnehmen." Stephan Teller hielt am Straßenrand und ging in den Laden. Nina schüttelte entnervt den Kopf. Sie stieg ebenfalls aus, knallte die Beifahrertür zu und ging in den Schatten einer großen Palme auf der anderen Straßenseite, um Paul Kleve mit ihrem Handy anzurufen und ihm Bericht zu erstatten.

Die Ladentür schloss sich hinter Teller, der BND-Chef meldete sich mit einem knappen: „Ja!"

Mehr konnte seine Agentin nicht mehr hören. Ein ohrenbetäubender Knall zerriss die Stille im wolkenlosen Himmel über ihnen. Das Geräusch steigerte sich zu einem unerträglichen Dröhnen, das immer näher kam und immer lauter wurde. Die Handy-Verbindung über den Atlantik nach Europa wurde unterbrochen.

Dann schlug ein schweres Geschoss senkrecht von oben genau in den Fahrgastraum des Honda Accord ein, durchbohrte ihn und grub sich mehrere Meter tief in den Straßenbeton.

Keine Explosion, kein Feuer. Nur eine augenblickliche Auslöschung des Fahrzeuginneren. Vorder- und Rücksitze schienen entmaterialisiert, ebenso Dach und Lenkrad. Motorhaube und Kofferraum wirkten dagegen nahezu unbeschädigt.

Stephan Teller stürmte aus dem Weinladen und atmete erleichtert auf, als er seine Assistentin sah, die sich benommen, aber unversehrt an den Stamm der Palme auf der gegenüberliegenden Straßenseite lehnte. Sie kniff die Augen zusammen und hielt sich bei abgespreizten Fingern mit den Handballen die Ohren zu.

Der Journalist ging zu ihr hinüber, legte ihr behutsam einen Arm um die Schultern und führte sie langsam zum

Wrack des Autos. „Kannst du mich hören? Bist du unverletzt?"

Sie nickte stumm mit leicht geöffneten Lippen.

Stephan schüttelte ungläubig den Kopf.

„Es hätte nicht einmal mehr eine Spur von uns gegeben, wenn wir nicht zufällig ausgestiegen wären."

Nina atmete mehrmals tief durch: „Wenn du nicht in diesen Weinladen gegangen wärst."

„Da soll noch einmal einer sagen, Rotwein trinken wäre nicht gesund."

Aus der Ferne näherte sich eine Sirene. Nach weniger als zwei Minuten hielt ein Polizeiwagen am Straßenrand. Der junge Officer, der ausstieg, stellte sich neben den inzwischen aus dem Laden gekommenen Weinhändler und zwei andere Kunden. Er schob sich seine Dienstmütze in den Nacken und blickte mit offenem Mund in den Krater.

Stephan Teller tippte dem Mann auf die Achselklappen seines kurzärmeligen Hemdes: „Ich möchte einen Anschlag auf unser Leben melden. Man hat mit einer Raketenwaffe auf uns geschossen."

Der Officer schüttelte den Kopf. „Es tut mir wirklich leid, was Ihnen passiert ist. Aber ihr Touristen schaut zu viel Fernsehen. Sehen Sie hier irgendwo Spuren einer Explosion?"

„Nein."

„Also kann das auch keine Rakete gewesen sein. Ich tippe auf Elektroschrott von einem alten Satelliten aus dem Weltall, der hier zufällig eingeschlagen ist. Das kommt gar nicht so selten vor, im Internet habe ich das schon einmal gesehen."

„Das da unten im Krater sieht doch wie eine Raketenflosse aus. Ich möchte Anzeige erstatten und verlange, dass Sie der Sache nachgehen."

„Lass das jetzt, Stephan!", schaltete sich Nina ein. „Der

Officer wird schon alles richtig machen. Wir lassen unsere Personalien hier und werden dann über das Ergebnis seiner Nachforschungen informiert. Komm, wir nehmen uns ein Taxi zum Flughafen, sonst verpassen wir unseren Anschlussflug."

„Was sollte das jetzt?", fragte der Journalist fünf Minuten später auf der Rückbank des Taxis seine Partnerin. „Weltraumschrott, so ein Quatsch. Vermutlich hatte man nur die Sprengladung aus der Rakete entnommen, um weniger Aufmerksamkeit zu erregen. Du glaubst doch selbst nicht, dass das ein Zufall gewesen sein kann."

„Natürlich nicht. Aber in diesen brisanten Fall sollten wir wohl keine lokalen amerikanischen Polizeibehörden hineinziehen." Stephan Teller nickte bedächtig, als Nina weiter sprach. „Das war ein Mordversuch, wenn auch ein missglückter. Und damit eine klare Warnung an uns. Wir sollen nicht mehr weiter nachforschen, sonst schlägt der Kosmos zurück. Wir stehen ab sofort unter ständiger Beobachtung."

„Und unter Beschuss."

„Ja, Herr Teller, Sie können auch aussteigen. Dafür hätte ich sogar Verständnis."

„Bitte lassen Sie mich die Mondgeschichte weiter recherchieren."

Eine halbe Minute Schweigen. Der Journalist lächelte dünn: „Ich kann selbst nicht glauben, was ich da gerade gesagt habe. Jedenfalls hätte ich es vor einer Woche noch nicht geglaubt."

„Ich schon." Kleve stieß dezent mit Teller an. „Der australische Shiraz ist eine exzellente Wahl zu diesem Essen."

Zu Ninas Leidwesen saßen sie wieder in einem Steakhaus. Diesmal in Köln, im traditionsreichen „El Gaucho" am Barbarossaplatz. Dort wurden schon seit fünfzig Jahren argentinische Steaks serviert. Bereits zur Zeit der ersten Mondlandung erfreute sich das Lokal in der Domstadt größter Beliebtheit.

Nach der Rückkehr der beiden Ermittler aus den USA hatte der Präsident des BND eine Arbeitsbesprechung in einem anderen Ambiente als beim ersten Mal vorgeschlagen. Nur diskret sollte es sein. Daraufhin hatte der Journalist das „El Gaucho" empfohlen – nicht nur, weil sich das Restaurant in einem Kellergeschoss befand, sondern auch, weil hier am Wochenende südamerikanische Folkloregruppen lautstark musizierend von Tisch zu Tisch zogen. Und jedes Mal, wenn man den Musikern einen Geldschein in den Poncho steckte, um das Ende der Darbietung einzuleiten, kehrten sie kurz darauf dankbar wieder zu einem weiteren Ständchen zurück. So machte der Lärmpegel allen ungebetenen Lauschern ihre Aufgabe unmöglich.

Daher zeigte sich Kleve mit Tellers Vorschlag hochzufrieden. Und der trockene Shiraz harmonierte gut mit den gerösteten Zwiebeln, die sich beide zu ihren Rinderfilets bestellt hatten, dazu nur etwas Brot und Tomatensalat.

Nina zog zwar etwas die Mundwinkel herunter, als sie ihr Glas mit stillem Wasser hob. Doch auch ihr Thunfischsteak in Olivenöl fand sie mehr als genießbar.

Kleve bestellte eine zweite Flasche Shiraz und sah seine beiden Tischgäste zufrieden aus leicht geröteten Schweinsaugen an. „Sie haben die Fährte aufgenommen und Blut gerochen. Das gefällt mir, wir müssen nur aufpassen, dass am Ende der Spur nicht Ihr eigenes Blut läuft. Übrigens hätten Sie Ihr Steak auch englisch bestellen sollen, Herr Teller, ich finde das noch charakteristischer als medium."

„Vielleicht beim nächsten Mal. Doch davor liegt noch einiges an Arbeit. Die würde ich gern möglichst unauffällig weiter machen."

„Das ist vielleicht keine schlechte Überlebenstechnik. Wir

werden Sie dabei diskret beobachten lassen und versuchen, Sie zu schützen. Doch wir wissen nicht, woher die Bedrohung genau kommt."

„Aus dem Weltall. Sie haben's doch gehört: ‚Der Kosmos schlägt zurück.'"

„Vielleicht, vielleicht auch nicht. Wenn wir uns auf die Abwehr weiterer Lenkraketenanschläge konzentrieren, trifft es Sie vielleicht von ganz anderer Seite völlig unerwartet. Wir müssen diese Möglichkeit zwar im Auge behalten, dürfen uns aber davon in unserer Wachsamkeit nicht einengen lassen."

Nina setzte ihr Wasserglas hart auf das Tischtuch. „Sind wir etwa nur ein Köder? Sollen wir wie das Kaninchen vor der Schlange sitzen und warten, bis sie zuschnappt?"

„Gewiss nicht. Das hier ist auch ein Wettlauf mit der Zeit, meine Liebe. Finden wir zuerst die Schlange oder findet die Schlange uns?"

„Da brauchen wir nicht lange zu suchen. Wir kennen unsere Gegner."

Der Chef des BND legte sein Besteck kurz beiseite, drückte die rundlichen Fingerspitzen aneinander und faltete die kleinen Hände vor der Brust.

„Wirklich? Wer spielt welche Rolle? Stecken Armstrong und Aldrin gemeinsam hinter dem Anschlag auf Sie? Oder nur einer von beiden? Oder haben sie die beunruhigende Information über Ihre Recherchen an eine staatliche Organisation weitergegeben, die nun gegen Sie agiert?"

Der Journalist nickte langsam: „Das wüsste ich auch gerne."

„Dann finden Sie es heraus!"

„Wie?"

„Recherchieren Sie weiter. Ermitteln Sie, unter welchen Umständen der Russe 1969 auf den Mond gekommen ist und dort ermordet wurde. Damit locken Sie die Ratten am schnellsten aus ihren Löchern."

„Ach, so einfach ist das. Warum haben Sie mir das nicht gleich gesagt?" Nina Speyer schob ihren Teller ein Stück von sich weg. „Also doch Köder."

„Du musst das wirklich nicht machen. Du wirst nicht dafür bezahlt, dass du dein Leben riskierst."
Nina sah Stephan geradeheraus unter ihrem blonden Pony an. Sie saß ihm gegenüber an einem Zweiertisch vor dem „Oscar", einer Bar wenige hundert Meter schräg gegenüber vom „El Gaucho", die hauptsächlich von Studenten frequentiert wurde. Die milde Abendluft hatte den Wirt ermutigt, einige Tische auf den Bürgersteig hinauszuschieben.
„Es ist auch mein Geschäft. Ich muss herausfinden, was damals auf dem Mond geschah."
„Spionage ist härter als jeder Journalismus. Hier geht's ums Überleben. Buchstäblich."
„Aber ohne mich findet ihr sowieso nichts heraus."
Nina stieß wortlos mit Stephan an. Nachdem sie sich relativ kühl von Kleve verabschiedet und kurz entschlossen die Lokalität gewechselt hatten, hatte die Agentin zur großen Überraschung ihres journalistischen Mentors ungefragt für beide finnischen Wodka und eine Flasche Mineralwasser bestellt.
„Dieser Wodka ist aus echtem Gletschereis hergestellt und sorgt tatsächlich für einen klaren Kopf, wenn du nicht zuviel davon trinkst und außerdem nach jedem Schluck genug Wasser hinterherkippst", erklärte sie dem verblüfften Journalisten ungefragt.
„Ich bin erstaunt, dass du dich auf einmal doch mit Alkohol auskennst."
„Ich kenne mich mit Mäßigung aus. Warum habt ihr euch eigentlich getrennt, deine Frau und du? Konnte sie deine Trinkerei nicht mehr ertragen?"
Stephan zog beide Augenbrauen nach oben: „Das klingt

ja, als ob ich ein haltloser Alkoholiker wäre. Na gut, wenn ich viel Rotwein getrunken habe, schnarche ich schon etwas laut und störend. Aber nein, das ist nicht der Grund gewesen."

„Wäre ja wohl auch lächerlich. Woran lag es dann?"

„Kann es sein, dass du in deinem journalistischen Praktikum schon etwas gelernt hast? Deine Fragen werden immer hartnäckiger."

„Keine Ausflüchte."

„Ich werde dir erzählen, was du wissen willst. Bei einem guten Glas Rotwein. Aber der professionelle Journalist muss sich immer zuerst auf die wichtigste Frage konzentrieren."

„Und die wäre?"

„Wie wir überleben."

„Habe ich dir doch schon gesagt. Indem du dich raushältst."

„Kleve hat mir diese Möglichkeit offengelassen, aber mich nicht allzu sehr danach gedrängt."

„Der ist eben ein Egoist."

„Manchmal hat er aber auch Recht."

„Womit zum Beispiel?"

„Wenn er sagt, dass wir schnellstens herausfinden müssen, wer den Russen auf dem Mond umgebracht hat. Dann sind wir unseren Angreifern einen Schritt voraus."

„Wir drehen uns im Kreis. Diese Frage konnten wir bis jetzt noch nicht beantworten. Wo sollen wir da ansetzen?"

„Beim schwächsten Glied in der Kette."

„Wer soll das sein?"

„Wem traust du am wenigsten?"

„Armstrong. Der gibt sich oberflächlich offen, hat sich aber immer im Griff. Der Typ ist verschlagen."

„Wer bleibt also übrig?"

„Aldrin. Der hat uns aber unverhohlen gedroht. Du hast es doch gehört, der Kosmos schlägt zurück."

„Vielleicht steckt Armstrong hinter allem, vielleicht Aldrin. Oder beide, oder jemand anderes, wir wissen es nicht. Aber ich glaube, wir können Aldrin leichter aus der Reserve locken, der Mann wirkt labiler."

„Wie willst du das machen?"

„Wir rufen ihn einfach an."

„Jetzt?"

„Es ist 22 Uhr. Seine Zeitzone müsste acht Stunden zurück liegen. 14 Uhr ist ein guter Zeitpunkt für einen Anruf." Stephan Teller holte sein Handy aus der Innentasche seines Leinenjacketts. Erstaunlicherweise hatte er die Verbindung schon nach vierzig Sekunden aufgebaut und das Handy laut gestellt.

„Mr. Aldrin, warten Sie schon auf die Cocktailstunde?"

„Wer spricht da?"

„Erkennen Sie meine Stimme nicht? Den Akzent?"

„Ah, der Quälgeist aus Europa. Verzeihen Sie, dass ich das nicht gleich gemerkt habe. Aber ich hatte nicht erwartet, in diesem Leben noch einmal auf irdischen Kanälen von Ihnen zu hören."

„Wieso, fühlen Sie sich nicht wohl?"

„Ich schon. Aber ich dachte, Sie hätten einen Unfall gehabt und würden jetzt in anderen Sphären schwingen."

„Fast wäre es so gekommen. Das Auto, in dem ich saß, wurde völlig zerstört. Aber mir ist nichts geschehen."

„Der Kosmos ist voller Wunder."

„Woher wussten Sie von dem Unfall?"

„Ich sagte doch, ich bin gut vernetzt."

„Haben Sie etwas damit zu tun?"

„Im Universum hängt alles mit allem zusammen. Sie wissen doch, der Flügelschlag eines Schmetterlings kann auf der anderen Seite der Erde einen Orkan auslösen, dem Tausende von Menschen zum Opfer fallen."

„Sie klingen nicht gerade wie ein aufgeklärter Astronaut."

„Ich bin nur ein unwissender Diener des Herrn. Und ich habe auch keine Ahnung, wie Ihr Unfall abgelaufen ist. Das müssen Sie doch selbst viel besser wissen, schließlich sind Sie dabei gewesen."

„Aber vielleicht wissen Sie ja etwas darüber, wie 1969 ein Russe auf dem Mond zu Tode gekommen ist. Soll das etwa auch ein Unfall gewesen sein?"

„Wenn Sie mehr über einen toten Russen wissen möchten, sollten Sie auch die Russen fragen."

„Ich frage jetzt aber einen, der beim Tod des Russen damals zugegen war. Oder vielleicht auch beim Sterben nachgeholfen hat."

„Der Engel des Lichts muss den Geist der Finsternis vertreiben. Lesen Sie die Apokalypse, Kapitel 6, Vers 12. Die Apokalypse, die Apokalypse …"

Die Stimme des alten Astronauten wurde erst schriller und brach dann ganz ab. Die Leitung war tot.

„Der spinnt doch." Nina hatte schon ihr Smartphone aus der Tasche gezogen und eine Internetrecherche gestartet. Sie schürzte die Lippen und las laut vor.

„Apokalypse, die Offenbarung des Johannes, das letzte Buch der Bibel, Kapitel 6, Vers 12. ‚Die Sonne wurde schwarz wie ein Trauergewand, und der ganze Mond wurde wie Blut.'"

„Da will uns wohl einer was sagen."

„Meinst du, das soll ein Geständnis sein?"

„Das kann alles und nichts bedeuten."

„Sag' ich doch. Der Typ ist ein religiöser Fanatiker und redet nur wirres Zeug."

„Aber am Schluss wirkte er ziemlich nervös. Und dann dieser Hinweis auf die Apokalypse. Irgendetwas will er uns mitteilen und traut sich nicht so recht."

„Mir hat er jedenfalls nichts gesagt. Das ganze Gespräch, das du da gerade mit ihm geführt hast, hat uns doch kein bisschen weitergebracht."

„Mich schon. Jedenfalls weiß ich jetzt, wo wir als nächstes recherchieren müssen."

Das konnte nicht sein. Aus seiner Landefähre stieg ein fremder Astronaut. Wo kam der her? Dann dämmerte es ihm. Die Landekoordinaten. Natürlich kannte die das Kontrollzentrum. Ein Spion? Gegenspionage? Ein offizieller Befehl? War sein Geheimnis jetzt aufgeflogen? Seine Gedanken überschlugen sich.

Im nächsten Augenblick aber fühlte sich sein Kopf völlig leer an. Wie in Watte gepackt. Alle Ursachenforschung erschien ihm mit einem Mal völlig unwichtig. Die Positionslichter an seiner Landefähre begannen zu blinken. Das konnte nur eines bedeuten. Jetzt ging es um Leben oder Tod.

Er musste so schnell wie möglich zu seiner Fähre. Bald stellte er fest, dass er sich in großen Sprüngen hüpfend am schnellsten vorwärtsbewegen konnte. Nur würde der andere so auch am leichtesten auf ihn aufmerksam werden. Aber er hatte keine Wahl. Er wusste, dass nur einer von ihnen beiden in diesem Sommer 1969 vom Mond zurückkehren würde. Und dabei kam es ganz entscheidend auf die Geschwindigkeit an.

Ging es darum nicht die ganze Zeit? Der Schnellere würde triumphieren. Bis jetzt glaubte er, dass er das wäre. Doch nun schien der andere erstmals einen Vorsprung zu haben. Würde das so bleiben?

Gleich musste er ihn entdecken. Dann würde sich seine Zukunft entscheiden. Entscheiden, ob er überhaupt eine Zukunft hatte. Oder der andere. Außerdem ging es um die Zukunft seiner Nation. Um ihre Rolle in der Geschichte. Und um ein oder zwei andere Nationen.

Leben oder Tod?

„Nach Moskau?"

Nina kippte ihr Wodkaglas in einem Zug hinunter und wischte sich in einer gänzlich unweiblichen Geste den Mund mit dem Handrücken ab.

„Nur weil dieser senile Esoteriker gesagt hat, wir sollen die Russen fragen?"

„Ich glaube, dass irgendetwas in ihm will, dass wir die Wahrheit aufdecken. Er kann nur nicht über seinen eigenen Schatten springen."

„Die sind auf dem Mond ja auch ziemlich lang. Die Schatten, meine ich."

„Außerdem war das der einzige von ihm geäußerte Gedanke, der mir heute logisch erschien."

„Wenn die Russen damals einen Mann auf dem Mond verloren haben, müssen sie wissen, wie er dorthin gekommen ist. Vielleicht auch, was mit ihm passiert ist. Die offiziellen Stellen der Amerikaner mauern, ihre Astronauten wollen oder können nichts sagen, dann bleibt nur noch diese Möglichkeit."

„Super, dann gehen wir zum russischen Regierungssprecher und fragen ihn einfach, warum 1969 ein Russe auf dem Mond gestorben ist. Oder wir erkundigen uns gleich beim letzten KGB-Chef. Bestimmt wartet der nur darauf, sein Schweigen zu brechen, nachdem er über vierzig Jahre lang nichts gesagt hat."

„Die Russen sind stolz auf ihre Raumfahrertradition. In Moskau gibt es ein sogenanntes Museum der Kosmonautik. Wenn wir als Journalisten dort offiziell recherchieren, fühlen die sich bestimmt sogar ein bisschen gebauchpinselt."

Nina legte einen Finger an die Unterlippe. „Na ja, klingt nicht ganz schlecht. Wir könnten behaupten, dass wir im Rahmen unserer Berichterstattung über die europäische Mondlandemission die Rolle der Sowjetunion angemessen ausleuchten wollen."

„Du hörst dich schon wie eine richtige Journalistin an. Besorgst du wieder die Tickets?"

Sie hatten ihr Gepäck ins Hotel schicken lassen und sich gleich vom Flughafen aus mit der Metro zur Station „WDNCh" vor den Toren Moskaus begeben. Seit 1981 stand hier das Museum der Kosmonautik, doch so beeindruckend wie jetzt sah es erst seit wenigen Jahren aus. Eine Raketenskulptur schwebte in die Stratosphäre, reitend auf einer gewaltigen Spur aus Stahl, die aus ihren Düsen zu schießen schien. Der unscheinbare Sockel des Monuments beherbergte früher ein kleines Raumfahrtmuseum mit beengten Räumlichkeiten. Doch gegen Ende des ersten Jahrzehnts im 21. Jahrhundert ließen die Moskauer Stadtväter die Ausstellungsfläche in die Erde hinein erweitern und auf 9.000 Quadratmeter mehr als vervierfachen. Das Ergebnis war ein so beeindruckender wie in seinen Verästelungen irritierender Bau, der eine Orientierung nicht leicht machte – gerade für ausländische Besucher, denn die Exponate waren ausschließlich in russischer Sprache beschriftet. Einmal mehr musste sich Stephan Teller die Nützlichkeit seiner Assistentin eingestehen, die als gelernte Spionin traditioneller Schule selbstredend über passable Russischkenntnisse verfügte.

„Wonach soll ich hier überhaupt Ausschau halten", erkundigte sie sich mit irritiertem Blinzeln.

„Nach dem Verborgenen. Manchmal liegt es im Offensichtlichen, vor unser aller Augen, nur registrieren wir es gar nicht. Gelegentlich findet es sich aber tatsächlich an unzugänglichen Orten, die erst entdeckt werden wollen."

„Kannst du dich nicht etwas klarer ausdrücken? Bist du nun ein Journalist oder eine Sphinx?"

„Beides. Wie immer."

„Dann verschaff uns mal einen überirdisch schnellen Zugang."

Stephans Kiefer klappte nach unten, als er die 150 Meter lange Menschenschlange vor dem Eingang sah: „Heute ist doch nur ein Werktag, die Zeit des Sozialismus ist vorbei, und Bananen gibt's da drin auch nicht."

„Richtig, kein Sozialismus, das ist Kapitalismus pur. Der Eintritt kostet 200 Rubel pro Person, steht da vorne auf dem Schild. Willkommen im neuen Russland."

„Dann bezahl mal schön für uns beide. Das Geld kommt ja von deinen Leuten."

45 Minuten später durchquerte das Duo den ersten Saal mit dem poetischen Namen „Der Morgen des kosmischen Zeitalters".

„Das können wir uns vermutlich schenken. Hier wird die Zeit von 1957 bis 1966 behandelt." Stephan drängte weiter.

Nina atmete tief durch: „Glaubst du wirklich, dass wir in einem öffentlichen Museum etwas Neues entdecken können?"

„Hast du eine bessere Idee? Du musst nur einen neuen Blickwinkel finden."

„Wie wär's mit diesem Winkel da?"

Der Menschenstrom schob sich durch eine breite Tür mit zwei weit geöffneten Flügeln in den nächsten Saal. Zwanzig Meter weiter links stand in der Seitenwand eine wesentlich kleinere Holztür vierzig Zentimeter weit offen. Unbeachtet und unscheinbar. Aus dem dahinter liegenden Raum drang kein Licht.

„Vielleicht ist das ja nur eine Abstellkammer oder ein Aufenthaltsraum fürs Personal."

Nina verdrehte die Augen: „Dir kann man es auch nicht recht machen. Jetzt achte ich schon auf abseitige Eindrücke, und dann ist dir das keinen zweiten Blick wert."

„Die erste Gelegenheit bringt in einer Recherche selten den Durchbruch. Aber wenn man sie auslässt, gibt's wohl auch keine zweite." Der Journalist seufzte und trottete auf die kleine Holztür zu. Im Rahmen blieb er stehen und tastete die dahinterliegende Wand ab. Er fand sogar einen Schalter. Als er ihn betätigte, wurde der Raum in ein diffuses gelbliches Licht getaucht, das von Schirmlampen aus einer erstaunlich hohen Decke fiel.

„So klein ist das hier gar nicht. Hoppla."

Nina drängte hinter Stephan in den Raum und stieß ihn dabei versehentlich an.

„Verzeihung. Sollen wir nicht hinter uns die Tür schließen?"

„Wozu? Nachher schließt uns noch jemand versehentlich ein. Außerdem scheint sich außer uns sowieso niemand für diesen Teil des Museums zu interessieren."

Die beiden drangen weiter in den schwach ausgeleuchteten Nebenraum vor und beachteten den zurückliegenden Weg nicht weiter. So konnten ihnen die Schatten an der Tür auch nicht auffallen.

Stephan Teller strich zwischen den verschachtelten Gängen an Vitrinen und Schränken entlang. „Das scheint der ursprüngliche Teil des Museums zu sein, der 1981 so eingerichtet und dann später nicht mehr beachtet wurde."

„Schau mal, der Bildschirm hier dürfte auch schon über dreißig Jahre alt sein."

„Wo?"

„Na da, hinter den beiden Regalen."

„Das sieht ja wie in einem Verschlag aus. Hier hat bestimmt seit Jahrzehnten keiner mehr Staub gewischt."

„Vermutlich stammt der Schreibtisch, auf dem der Bildschirm steht, noch aus Beständen des alten KGB."

„Ich weiß nicht, der ist nicht einmal abgeschlossen."

„Und in den Schubladen sind Videokassetten."

„Die Titel darauf kann man nicht mehr lesen."

„Aber das Datum. Da steht: ‚20. Juli 1969.'"

„Zeig her. Hast du zu Hause noch einen alten Videorekorder?"

„Nein, nur ein DVD-Gerät."

„Aber unter dem Fernseher hier steht doch ein Videorekorder. Schieb die Kassette einfach in den Schlitz."

„Wo schaltet man den denn ein?"

„Versuch den Knopf hier."

„Was ist das denn für ein heulendes Geräusch? Wenn jetzt einer in der Nähe ist, müsste er schon taub sein, um nicht auf uns aufmerksam zu werden."

„Es kommt aber keiner. Sieh mal, da läuft ein Film mit eingeblendetem Datum: ,20. Juli 1969.'"

„Die Aufnahmen sind schwarzweiß, aber gar keine so schlechte Qualität. Man kann die Aufschrift deutlich erkennen. Da landet gerade die Mondfähre, Eagle I."

„Deshalb hat sich in den letzten vierzig Jahren wohl auch niemand mehr für den Film interessiert."

„Na ja, stimmt wohl, die Bilder der ersten Mondlandung wurden längst überall bis zum Überdruss gezeigt."

„Moment mal, welcher Blickwinkel ist das denn?"

„Wie, welcher Blickwinkel? Wie meinst du das?"

„Na, aus welcher Perspektive die Landung aufgenommen ist. Doch offensichtlich nicht aus dem Mutterschiff."

Nina rieb ihr Kinn mit Daumen und Zeigefinger: „Im Vordergrund ist ein Hügel. Das ist Mondgestein."

„Der Horizont ist schwarz. Das ist das Weltall, vom Mond aus gesehen. Ist dir klar, was das bedeutet?"

Die Agentin bewegte den Mund nur leicht und sprach mit leiser, tonloser Stimme.

„Als die Amerikaner am 20. Juli 1969 auf dem Mond landeten, war schon jemand dort. Er muss kurz vorher angekommen sein und filmte dann den Landeanflug der Eagle I vom Mond aus. Wer kann das gewesen sein?"

„Wo sind wir hier? Wo lagert dieser Film?"

„In Russland."

„Wer kann dann nur vor den Amerikanern auf dem Mond gewesen sein und diesen Film aufgenommen haben?"

„Ein Russe."

Stephan Teller legte die Fingerspitzen beider Hände aneinander.

„Und jetzt wurde ein toter Russe am Landeplatz von Apollo 11 gefunden, der dort 1969 gestorben ist. Glaubst du noch an Zufälle?"

„Ich glaube nur das, was ich sehe und höre. Sei mal leise, da hinten knarrt was. Sind das Schritte?"

„Meinst du, da ist jemand?"

„Wir müssen vorsichtig sein. Diese Entdeckung verändert die Geschichte und das Leben vieler Menschen. Oder kann auch Leben beenden."

„Ja, aber jetzt interessiert mich der Film. Sieh mal, es gibt eine Fortsetzung. Vermutlich wurde die Filmspule gewechselt, für einen Augenblick lief nur eine schwarze Sequenz."

„Hier in der Ecke ist nun das Datum vom 21. Juli 1969 eingeblendet. Das muss in den frühen Morgenstunden sein."

„Vermutlich von einer stehenden Kamera automatisch aufgenommen. Das Bild wackelt nicht."

„Da kommt ein Astronaut in großen Sprüngen angehüpft. Das sieht ja aus wie im Comic."

„Auf seinem Ärmel ist die russische Flagge."

„Zwei andere Astronauten laufen auf ihn zu. Das sind Amerikaner. Sie tragen die Hoheitszeichen der USA."

„Armstrong und Aldrin."

„Der größere der beiden schwingt einen schweren Schraubenschlüssel. Das muss Armstrong sein."

„Jetzt wackelt das Bild doch. Man sieht nichts mehr."

„Aber nun gibt es einen Ton. Hörst du, was er sagt?"

„Das ist amerikanisches Englisch … ein kleiner Schlag für einen Menschen, doch ein großer Schlag für die Menschheit."

„Was ist denn das für ein Zischen?"

„Das war nicht im Film, sondern hier. Ein Schuss."

Boris Jurischew hatte den Wettlauf doch verloren. Er bekam gerade noch die laufende Kamera zu packen. Aber wenige Meter vor dem Eingang zu seiner Landefähre hatten ihn die Amerikaner eingeholt.

Entdeckt hatten sie ihn schon vorher und liefen auf den Mann zu, der mit so großen Sprüngen auf sich aufmerksam gemacht hatte.

Er spürte zunächst keinen Schmerz. Der große Schraubenschlüssel des Amerikaners sauste mit Wucht auf das gläserne Visier seines Raumhelms. Erstaunlicherweise trafen keine Splitter sein Gesicht.

Doch plötzlich breitete sich eine unendliche Kälte in seinem Inneren aus. Er atmete, doch er atmete … nichts. Der Kälte folgte ein brennendes Gefühl in den Lungen. Und eine Panik, die von seinem ganzen Körper Besitz ergriff. Aber nur kurz. Dann wurde alles schwarz.

Aldrin zitterte.

Armstrong versetzte ihm einen Stoß in den Rücken, nachdem er den Schraubenschlüssel zurück in seine Tasche gesteckt hatte.

Der Kommandant nahm die Leiche bei den Schultern, Aldrin packte sie mit weichen Knien unter den Beinen. Neben einem Geröllhaufen zogen sie ihm den Astronautenanzug aus und verscharrten ihn nackt unter dem Gestein.

Die russische Uniform warf Armstrong in die Landefähre des Russen und schloss von außen die Tür. Gerade rechtzeitig, bevor der Countdown der Startsequenz zum Abschluss kam. Mit großen Sprüngen entfernten sich Armstrong und Aldrin aus dem Gefahrenbereich.

Nach dem Start der russischen Fähre in die Weiten des Weltalls machten sich die beiden amerikanischen Astronauten auf den Rückweg zu ihrem eigenen Raumfahrzeug. Hastig kletterten sie hinein und zogen die Eingangstür hinter sich zu.

Aldrin legte sich auf die Seite, zog die Knie wie ein Embryo an und begann heftig zu zittern. Armstrong versetzte ihm einen Stoß in die Rippen.

„Steh auf, schalte die Kamera ein. Jetzt beginnt der offizielle Teil unserer erfolgreichen Mission auf dem Mond."

Mit fahrigen Bewegungen befolgte Aldrin den Befehl. Dann stieg der Kommandant im Scheinwerferlicht erneut die Treppe der Ausstiegsluke hinunter und sprach die legendären Worte, die in der gleichen Nacht in Milliarden von Häusern auf der Erde übertragen wurden.

„Ein kleiner Schritt für einen Menschen, doch ein großer Schritt für die Menschheit."

Der Schütze hatte eine Beretta 92 FS mit aufgeschraubtem Schalldämpfer abgefeuert. Deshalb wirkte das Geräusch des Schusses auf die beiden Ermittler im ersten Augenblick so harmlos und unspektakulär. Doch seine Wirkung konnte umso verheerender sein. Das Loch, das ein Neun-Millimeter-Geschoss aus einer solchen Waffe in eine menschliche Brust reißen konnte, hatte nahezu immer den Tod zur Folge. Auch wenn das Herz nicht unmittelbar getroffen wurde, zerfetzte die Patrone zumeist eine Hauptarterie, die zum Herzen hin- oder von ihm wegführte. Das Opfer verblutete dann in kürzester Zeit.

Nina wusste das. Die Kenntnis von Waffen und ihren Wirkungen gehörte zu den Grundlagen ihrer Ausbildung als Agentin. Sofort zerrte sie Stephan am Arm: „Nichts wie weg hier."

„Aber wir haben gerade die Lösung des Mordfalls vor uns." Schon schlug ein zweiter Schuss in die Rückseite des Schreibtisches ein, auf dem der Bildschirm stand. Das Geschoss trat mit unverminderter Wucht genau zwischen den beiden Journalisten auf der Vorderseite wieder aus. Stephan Teller ging in die Hocke und zog seine Assistentin mit nach unten.

„Was soll das?", zischte sie zwischen ihren Lippen hervor, die plötzlich so schmal wie ein Strich geworden waren.

„Du siehst doch, dass der Schreibtisch uns mit seinen alten Spanplatten nicht schützen kann. Die Schüsse gehen glatt hindurch."

„Schau doch, der Film, Armstrong und Aldrin tragen einen dritten Mann zu einem Steinhaufen."

In diesem Augenblick fiel noch ein Schuss. Nun konnten sie Stimmen hören. Sie sprachen eindeutig russisch, wie Nina sofort erkannte. Der Schütze kam näher. Er schien nicht allein zu sein.

„Verdammt, das sind mehrere Angreifer. Vermutlich Auftragskiller, die kannst du hier an jeder zweiten Ecke mieten."

„Warte, ich nehme das Videoband mit. Mist, der Auswurfknopf klemmt ..."

Wieder zischten zwei Schüsse dicht an ihren Köpfen vorbei. Diesmal setzte sich Nina Speyer durch. Mit ungeahnter Kraft zog sie Stephan in gebückter Haltung nach vorne und verschwand mit ihm zwischen den Regalen Richtung Ausgang. Über und neben ihnen peitschten die nächsten Schüsse, jetzt offensichtlich aus mehreren Waffen. Im Vorüberhasten griff die Agentin den verkohlten Schutzschild einer alten russischen Raumfähre, der an der Wand hing. Gerade, als sie ihn hinter ihrer beider Rücken hielt, prallten weitere Schüsse daran ab. Kurz darauf erreichten sie die Ausgangstür der alten Nebenräume und mischten sich unter den Besucherstrom in den Hauptsälen des Museums. Den alten Schutzschild lehnten sie achtlos an eine Wand. Ihre Verfolger hatten sich zurückgezogen und gaben sich offensichtlich mit der wichtigsten Beute zufrieden – dem Videorekorder samt den einzigartigen Filmaufnahmen aus dem Juli 1969.

Nina und Stephan fuhren im Bus durch trostlose Vorstädte vorbei an grauen Häusern zu ihrem Hotel.

„Die Reise hätten wir uns sparen können", murmelte die Agentin mit gesenktem Kopf.

„Immerhin wissen wir jetzt, was damals geschehen ist."

„Der Steinhaufen, unter dem die Leiche versteckt wurde, kam mir jedenfalls ziemlich bekannt vor."

„Klar, den haben wir auf dem Video gesehen, das dein Chef uns gezeigt hat. Nur über vierzig Jahre später."

„Stimmt. Und der dritte Astronaut auf dem Mond von damals ist die Leiche von heute. Der hatte schon nichts mehr an, als ihn Armstrong und Aldrin zu dem Steinhaufen getragen haben."

„Vermutlich haben sie ihm den Astronautenanzug vorher ausgezogen."

„Da muss er schon tot gewesen sein, sonst hätte er sich bestimmt gewehrt."

„Ich schätze, dass Armstrongs Schlag mit dem Schraubenschlüssel das Visier des russischen Kosmonauten zerstört hat. Dadurch wurde ihm augenblicklich der Sauerstoff entzogen, und er muss in kürzester Zeit erstickt sein."

„Also ist Armstrong ein Mörder."

„Und Aldrin ist sein Komplize."

„Fall gelöst."

„Ich glaube nicht. Es ist völlig unerklärlich, dass die Russen dieses Filmmaterial nicht veröffentlicht haben. Vor allem damals, im kalten Krieg."

„Dahinter muss noch mehr stecken."

2. Buch

Das Meer des Schweigens

Wie es sich für einen anständigen Spion gehört, hatte Paul Kleve den Standort wieder gewechselt. Nach ihrer Rückkehr aus Moskau saß er mit dem ungleichen Ermittlerpaar am frühen Abend nun bei einem Edelitaliener im Düsseldorfer Nobelviertel Oberkassel. Das Stimmengewirr im vollbesetzten Lokal und die eng beieinanderstehenden Tische irritierten Stephan Teller ein wenig und bereiteten ihm leichte Kopfschmerzen. Doch die Weinauswahl, die der Chef des Bundesnachrichtendienstes getroffen hatte, behagte ihm dafür umso mehr.

Auf dem Tisch stand eine gerade geöffnete Flasche Nebiolo. Er nickte seinem Auftraggeber anerkennend zu.

„Gute Entscheidung an diesem lauen Sommerabend. Davon habe ich auch einige Flaschen in meinem Weinklimaschrank."

Nina blickte mit wachsender Verzweiflung zur Decke.

Kleve schob diskret einen Scheck mit der Vorderseite nach unten über den Tisch.

„Dann können Sie sich ja gleich noch ein paar Flaschen leisten. Hier ist Ihr Honorar. Aufgrund Ihrer effektiven Recherchen haben wir uns erlaubt, den vereinbarten Betrag zu verdoppeln."

„Jetzt schon? Aber unsere Arbeit ist doch noch gar nicht abgeschlossen."

„Vorerst doch. Der Honorarbonus soll Sie außerdem darüber hinwegtrösten, dass ich die Veröffentlichung noch nicht freigeben kann. Ich muss mich erst mit der Bundesregierung beraten, die dazu dann wieder ihre ausländischen Bündnispartner konsultieren muss."

„Das verstehe ich. Aber ich begreife nicht, dass ich nicht nach neuen Beweisen für den Mord auf dem Mond suchen soll. Das Videoband hat uns ja die russische Gangsterbande abgenommen."

„Sie brauchen sich nicht zu wiederholen. Wir wissen nun, was damals geschehen ist und kommen auch ohne zusätzliche Informationen aus. Bei Bedarf können Frau Speyer und Sie als seriöse Zeugen ja bestätigen, was Sie auf dem Band in Moskau gesehen haben."

„Herr Kleve, Sie wissen genauso gut wie ich, dass diese Erkenntnisse viel mehr Fragen aufwerfen als beantworten."

„Ihre Recherche-Ergebnisse sind spektakulär genug, die müssen wir erst einmal verdauen. Ah, richtiges Stichwort, da kommen unsere Tagliatelle mit Trüffeln, die müssen Sie ganz heiß probieren."

Doch der Journalist ließ sich nicht beirren. „Das größte Rätsel bleibt aber nach wie vor das Verhalten der Russen. Die hatten 1969 einen Kosmonauten auf dem Mond, einen Tag vor den Amerikanern. Diesen Mann haben die Amerikaner dann ermordet."

Nina nickte nachdrücklich.

„Das haben die Russen sogar auf einem Film. Vermutlich wurden die Bilder von einer Kamera, die der Kosmonaut zuvor auf dem Mond aufgestellt hatte, damals in Echtzeit in die Sowjetunion gefunkt. Nur so können die Aufnahmen nach Moskau gelangt sein."

„Da haben Sie vermutlich recht. Sind die Trüffel nicht phantastisch?" Die kleinen Augen des BND-Präsidenten glänzten, auf seinem Gesicht bildete sich ein Schweißfilm. Stephan Teller registrierte weder den Geschmack des Essens noch die Reaktion seines Gegenübers.

„Da haben die Russen den Beweis vor Augen, dass sie den ersten Menschen auf den Mond geschickt, die Amerikaner ihn ermordet und danach den Ruhm der ersten Mondlandung für sich vereinnahmt haben. Und dann gehen sie damit nicht sofort an die Weltöffentlichkeit, sondern lassen den Film über vierzig Jahre lang in einem Museum verrotten? Das geht mir nicht in den Kopf."

„Muss es auch nicht. Herr Ober, bringen Sie bitte noch eine Flasche Nebiolo."

„Ich will es aber wissen. Hinter dieser Geschichte steckt viel mehr als wir erahnen. Ich muss weiter recherchieren."

„Eine andere Frage ist auch sehr spannend", schaltete sich Nina ein. „Wieso sind die Amerikaner überhaupt an der gleichen Stelle wie der Russe gelandet? Das kann doch kein Zufall sein, dass sie den Kosmonauten dort gefunden haben."

Kleve fuhr ruckartig zu seiner Mitarbeiterin herum. Seine Augen verengten sich zu Schlitzen. „Um es noch einmal ganz klar zu sagen: Ihr Auftrag ist beendet, Sie beide haben kein Mandat mehr für weitere Recherchen."

„Als Journalist habe ich immer ein Mandat", übernahm Stephan wieder das Gespräch. „Das Mandat der Öffentlichkeit."

„Davon kann ich Ihnen nur abraten. Sie wissen, dass Sie genau beobachtet werden. Mörder sitzen Ihnen im Nacken."

„Armstrong und Aldrin habe ich in Moskau nicht gesehen. Das ist noch so ein unaufgeklärter Widerspruch. Wieso wurden wir von russischen Killern bedroht, wenn die Mörder Amerikaner waren?"

„Wenn Sie jetzt auf eigene Faust weiterrecherchieren, können Sie nicht mehr auf den Schutz des BND zählen."

„Ich weiß nicht so genau, ob ich den je hatte. Schönen Dank auch!"

Stephan stieß unsanft seinen Stuhl zurück, sprang auf und verließ mit schnellen Schritten grußlos das Lokal. Auf dem unbefestigten Vorplatz des Oberkasseler Gevierts blieb er stehen, holte tief Luft und drehte sich um. Hinter ihm stand Nina mit einem schiefen Lächeln. Der Journalist trat einen Schritt zurück: „Werde ich schon wieder verfolgt?"

„Nicht vom BND, nur von mir."

„Da dürfte kaum ein Unterschied sein. Sag Kleve, dass ich meinen Weg allein gehe."

„In dieser Sache sage ich ihm überhaupt nichts mehr. Er hat mich nicht geschickt. Ich habe auch nicht mehr mit ihm gesprochen und bin dir einfach gefolgt."

„Soll ich das glauben?"

„Glaub, was du willst. Ich jedenfalls glaube, dass deine Fragen berechtigt sind und geklärt werden müssen. Aber du brauchst dabei Schutz und Unterstützung, deshalb bin ich hier."

Nach seinem spektakulären Ausstieg aus der Fähre sammelte Neil Armstrong Gesteinsproben auf dem Mond. Ungezählte Millionen von Menschen verfolgten den Spaziergang des Astronauten gebannt auf ihren Bildschirmen zu Hause mit. Keiner von ihnen verschwendete einen Gedanken darauf, was Aldrin wohl in dieser Zeit machen mochte. Manchmal erschien er auf dem Fernsehschirm, in einigen längeren Bildsequenzen aber auch nicht.

Niemand kam auf die Idee, ihn je danach zu fragen. Armstrong selbst brauchte sich nicht zu erkundigen. Er wusste, was Aldrin in dieser Zeit machte. Schließlich hatte er ihn zuvor damit beauftragt.

Als sich die Augen der ganzen Welt im grellen Scheinwerferlicht auf Neil Armstrong richteten, begab sich Edwin Aldrin diskret auf die Suche. Er musste sich auf der Mondoberfläche nicht allzu weit weg bewegen, denn er wusste ja, an welcher Stelle die russische Landefähre kurz zuvor führerlos ins Weltall abgehoben hatte. Ganz in der Nähe musste es sein. Tatsächlich entdeckte der Amerikaner die richtige Stelle sehr schnell. Der Staub des Starts hatte sich längst verzogen. Über den Geröllhaufen mit dem Toten darunter sah er angestrengt hinweg. Dabei fiel ihm das gesuchte Objekt beinahe automatisch ins Auge.

An einem unscheinbaren Mast hing die Flagge. Die Fahne, die der erste Mensch auf dem Mond tatsächlich gehisst hatte. Die Flagge, die nie auf dem Mond auf einem Fernsehbildschirm gezeigt wurde.

Aldrin nahm sie ab und faltete sie sauber zusammen. Dann brachte er sie unbeobachtet von jeder Kamera in die amerikanische Raumfähre. Das letzte Geheimnis musste sicher verwahrt werden.

„Wieso hast du mir eigentlich ein Ticket spendiert? Traust du mir auf einmal?"

„Du machst ja doch, was du willst. Also kann ich dich auch gleich mitnehmen. Dann folgst du mir nicht heimlich, und ich bekomme wenigstens mit, wo du bist."

Nina und Stephan saßen wieder im Flugzeug auf dem Weg in die USA.

„Sehr schmeichelhafte Antwort. Aber den Flug hätte ich auch selbst bezahlen können."

„Das Geld stammt sowieso vom BND. Ich habe Kleves Scheck gleich am nächsten Tag eingelöst, bevor er es sich anders überlegen und ihn sperren lassen konnte, weil meine Reaktion nicht seine Erwartungen traf. Damit sind die Spesen für diese Reise locker gedeckt."

„Ich weiß nur nicht, ob das überhaupt Sinn hat. Glaubst du wirklich, dass Armstrong uns noch einmal empfängt?"

„Ganz bestimmt. Der zeigt keine Schwächen oder Ängste."

„Na, verlief Ihre Fahrt im Mietwagen diesmal etwas unproblematischer?"

Neil Armstrong begrüßte seine Gäste an diesem strahlend hellen Spätsommertag im Schatten der Veranda seines Hauses in Lebanon. Eistee für die beiden Journalisten stand auch schon bereit, die mit weichen Kissen belegten Stühle der Gartenmöbel luden zur Entspannung ein.

Stephan Teller legte einen Finger an die Wange.

„Sie haben von unserem kleinen Unfall bei unserem letzten Besuch hier gehört?"

„Buzz hatte mir davon berichtet."

„Der schien ja schon vorher gut informiert gewesen zu sein."

„Wie darf ich das verstehen?"

„Er machte bereits vor unserer Abfahrt kryptische Andeutungen und mahnte uns ausdrücklich zur Vorsicht."

„Der alte Junge ist immer so besorgt. Aber er hat einen guten Draht nach oben."

„Habt ihr alten Raumfahrer das nicht alle?"

Armstrong lächelte gequält.

„Jetzt sehen Sie wohl etwas angespannt aus", setzte Teller nach.

„Ich habe eine anstrengende Reise hinter mir."

„Ach, Sie auch? Wir kommen gerade aus Moskau."

„Moskau ist immer anstrengend."

„Für Sie oder für uns?"

„Möglicherweise für jeden, der dorthin kommt."

„Sind Sie denn auch dort gewesen?"

„Wieso?"

„Na, weil Sie so überanstrengt wirken. Wir hatten jedenfalls enorme Schwierigkeiten."

„Die haben Sie sich bestimmt selbst zuzuschreiben."

„Wie kommen Sie darauf?"

„Wollen wir jetzt über Ihre Schwierigkeiten reden? Ich dachte, Sie wollten mich noch einmal befragen. Das soll doch hier wohl ein Interview und kein Privatgespräch werden, oder habe ich da etwas falsch verstanden?"

„Vielleicht hängen Ihre Aktivitäten mit unseren Schwierigkeiten zusammen."

„Das müssten Sie schon genauer erklären."

„Wo ist die Flagge?"

„Welche Flagge?"

„Die sowjetische Flagge, die der russische Kosmonaut im Juli 1969 einen Tag vor Ihrer Ankunft auf dem Mond gehisst hat."

„Wie kommen Sie denn darauf?"

Nina schlug mit der flachen Hand auf den Tisch und beugte sich vor: „Wir haben in Moskau einen Film gesehen. Den Film, auf dem Sie den Russen auf dem Mond erschlagen haben."

„Was ist denn das für ein Unsinn? Ich habe keinen Russen auf dem Mond erschlagen."

„Gut, dann haben Sie eben mit dem Schraubenschlüssel das Visier seines Raumhelms zerschlagen, worauf der Kosmonaut erstickt ist. Das kommt auf dasselbe heraus."

Armstrong wurde bleich. „Reden Sie nicht so gefährliches Zeug, Mädchen! So etwas können Sie nicht beweisen. So einen Film haben Sie gar nicht."

„Sind Sie etwa dabei gewesen, als uns der Film abgenommen wurde?"

Der alte amerikanische Astronaut lehnte sich mit einem ächzenden Geräusch in seinem Sessel zurück. Dann sprach er mit betont leiser Stimme weiter: „Hören Sie, es gab nie eine sowjetische Flagge auf dem Mond. In späteren Jahren nicht und 1969 schon gar nicht. Das schwöre ich bei meiner Mutter, bei der glorreichen amerikanischen Nation und bei der Mondgöttin Luna persönlich, wenn Sie wollen."

Stephan Teller rieb sein Kinn mit Daumen und Zeigefinger: „Ich hätte Ihnen nicht auch noch zugetraut, dass Sie alle Werte verraten, die Ihnen heilig sind."

Neil Armstrong sprang mit einer für sein Alter unheimlichen Behändigkeit auf.

„Dieses Gespräch ist beendet, ich warne Sie, alle beide! Wenn Sie mir oder dem Ruhm unseres Landes oder dem Andenken an die Mondlandung weiter Schande bereiten, werden Sie das nicht überleben. Habe ich mich klar ausgedrückt?"

„Danke für den Tee. Wir werden die Flagge finden."

„Werden Sie nicht."

„Warum hast du dich vorhin so auf die Flagge fokussiert?", fragte Nina Stephan später beim Abendessen in Columbus.

„Die Flagge ist unser einziger denkbarer Beweis. Ich meine

die Originalflagge von 1969, an der möglicherweise noch Partikel des Mondstaubs haften. Den Film haben wir für alle Zeiten verloren, der ist vermutlich schon zerstört."

„Und die Fahne?"

„Die müssen die Amerikaner mitgenommen haben. Sonst wäre sie ja jetzt von der europäischen Mission auf dem Mond gefunden worden."

„Klingt logisch. Aber vielleicht haben die Amerikaner die Flagge ja längst vernichtet."

„Vielleicht. Aber ich glaube das eher nicht, die haben doch alle einen ausgeprägten Hang zur Symbolik. Außerdem wurde der Film ja auch nicht zerstört, bevor wir ihn entdeckt haben."

„Nur, wo sollten wir nach der Fahne suchen?"

„Ich weiß nicht. Hier in Amerika möglicherweise?"

„Das Land ist groß."

„Fragen wir doch noch einmal Aldrin."

Nina presste die Lippen zusammen.

„Das ist lebensgefährlich, reiz die beiden nicht immer weiter. Du hast Armstrongs Drohung gehört. Das waren so ziemlich die einzigen Worte, die ich ihm geglaubt habe."

„Lass uns morgen weiter darüber sprechen. Probier doch vielleicht einmal einen Schluck Wein zu deinem Seeteufel."

Diesmal hatte Stephan Rücksicht auf Ninas Vorlieben genommen und sie in ein Fischrestaurant eingeladen. Mit weißen Tischdecken, verschnörkelten Barockstühlen und Kerzenleuchtern.

Stephan Teller schob Nina sein Glas zu. „Nuit de St. Georges, roter Burgunder. Seeteufel und Wein harmonieren gut mit der Safransauce. Wusstest du übrigens, dass man dem Safran eine aphrodisierende Wirkung nachsagt?"

„Willst du mich etwa verführen?", fragte Nina mit einem zaghaften Lächeln, das sehr gut zu ihrem hellblauen ärmellosen Sommerkleid mit dem zarten Blümchenmuster passte.

„Müsste ich mir da nicht Sorgen machen, dass ich Paul Kleve gleich mitgeliefert bekäme?"

Nina Speyer setzte wortlos Stephans volles Glas mit dem teuren Wein an die Lippen und leerte es völlig genussfremd in einem Zug.

„Du bist so ein Idiot!" Die Agentin sprang auf und verließ mit schnellen Schritten das Lokal.

Stephan Teller schüttelte über sich selbst den Kopf. Er musste zugeben, dass er Nina nicht widersprechen konnte. Er hatte sich tatsächlich wie ein Idiot benommen.

Mitten in der Nacht wurde der Journalist in seinem Zimmer wach. Sein Kopf dröhnte gewaltig. Er hätte besser doch keine zweite Flasche Burgunder für sich allein bestellen sollen. Aber dann bemerkte er, dass es gar nicht innerhalb seines Kopfes dröhnte. Das Geräusch kam von außen. Ein kleiner Handbohrer schraubte das Türschild mit Schloss an seiner Zimmertür ab.

Schon drängten sich drei dunkle Gestalten leise in den kleinen Raum hinein. Einer beugte sich über ihn, die dunkle Wollmütze mit Sehschlitzen nur wenige Zentimeter von seinen Augen entfernt.

„Du bist hier nicht willkommen", murmelte eine Stimme bedrohlich leise mit russischem Akzent.

„Du scheinst aber auch nicht von hier zu sein."

Als Antwort bekam Stephan eine Ohrfeige, von der ihm der Kopf nun tatsächlich dröhnte.

„Verschwinde hier und stell keine blöden Fragen mehr. Weder in Amerika noch anderswo."

„Für welche Länder könnt ihr denn noch ein Frageverbot aussprechen?"

„Der Kerl versteht den Ernst der Lage offensichtlich nicht.

Dann machen wir es ihm eben auf die harte Tour klar. Mund auf."

Plötzlich hatte der Russe einen schwarzen Uzi-Armee-Dolch mit extralanger Klinge aus gehärtetem Stahl in der Hand. Der zweite Mann hielt dem Journalisten die Nase zu, damit dieser automatisch den Mund öffnete, um nach Luft zu schnappen. Dann schob man ihm eine Metall-Klammer zwischen die Zähne. Jetzt konnte er die Lippen nicht mehr schließen. Stephan Teller erahnte unter der Maske das Lächeln des ersten Russen mit dem Messer.

„Ohne Zunge wirst du nirgendwo mehr Fragen stellen, nicht einmal auf dem Mond."

Dann kam das Messer näher.

Wenige Tage nach ihrer Rückkehr zur Erde lud Wernher von Braun persönlich Neil Armstrong und Edwin Aldrin zu einer Besprechung in sein Privatbüro. Michael Collins zeigte sich ein wenig verstimmt, dass er nicht dabei sein durfte. Doch von einigen bedeutsamen Vorgängen auf dem Mond in diesem denkwürdigen Juli 1969 wusste er nichts und sollte auch nie davon erfahren.

Wernher von Braun dagegen wusste alles. Die militärische und politische Führung der Mondlandemission vertraute ihm uneingeschränkt. Wieder hatte ein Deutscher die Führung. Das gefiel Armstrong zwar nicht sonderlich. Doch immerhin hatte er als gut ausgebildeter Soldat längst gelernt, sich in Hierarchien zu fügen. Deshalb salutierte er geschmeidig, als von Braun seine Forderung stellte.

„Ich brauche die letzten Beweise."

Sofort händigte ihm Neil Armstrong den Film aus, den er in der sowjetischen Mondlandefähre sichergestellt hatte. Es handelte sich um einen anderen Film als den, den Stephan und Nina viele Jahre später in Moskau sehen sollten. Dieser Film zeigte, wie der russische Kosmonaut eine Flagge auf dem Mond hisste. Vor der Landung der Amerikaner.

Wernher von Braun wusste das. „Danke, Soldat, ich werde dieses Zeitzeugnis sicher in Verwahrung nehmen. Ihr könnt beide abtreten."

Edwin Aldrin trat unruhig von einem Fuß auf den anderen, machte aber keine Anstalten, seinem Freund und Kommandanten zu folgen, der ihm bereits den Rücken zugekehrt und sich zur Tür gewandt hatte.

„Gibt es noch etwas?", fragte von Braun gereizt.

„Ich hätte da noch einen weiteren Beweis."

„Na, dann heraus damit."

Mit zitternden Fingern holte Aldrin die Flagge aus seiner Aktentasche und breitete das mit Mondstaub bedeckte Tuch auf Wernher von Brauns Schreibtisch aus.

Dieser warf einen angewiderten Blick darauf: „Niemand hat gesagt, dass ihr das auch mitbringen sollt. Vergesst das sofort. Ich werde dafür sorgen, dass es in diskrete und völlig unverfängliche Verwahrung kommt."

Nun wandte sich auch Edwin Aldrin ab. Doch er zuckte spürbar zusammen, als von Brauns donnernde Stimme in seinem Rücken ertönte: „Das hier hat nie jemand von euch gesehen. Wenn ihr jemals darüber sprecht, lernt ihr die CIA von einer Seite kennen, von der ihr Helden nicht einmal etwas ahnt. Da würde es euch auch nichts nützen, dass ihr berühmte Raumfahrer seid."

Wo kam nur dieser grauenvolle Lärm her? Nina vergrub den Kopf vergeblich unter ihrem Kissen. Selbst dorthin drang das Gepolter aus Stephans Zimmer zu ihr durch. Sollte das vielleicht ein Annäherungsversuch werden? Etwas geschickter könnte sich der Typ schon anstellen.

Nina sprang schließlich entnervt aus dem Bett und ging ohne Schuhe nur mit Boxershorts und T-Shirt bekleidet zur gegenüberliegenden Hotelzimmertür. Der sollte sich bloß nicht einbilden, dass eine solche Masche bei ihr zog. Schließlich interessierte sie sich auch nicht für pubertierende Halbwüchsige mit ADHS.

Gerade wollte sie mit geballter Faust kräftig an die Tür klopfen, da bemerkte sie, dass diese schon einen Spalt weit offen stand. Außerdem fehlte das Schloss. Es lag vor ihr auf dem Boden. Herausgeschraubt. Aus dem Inneren des Zimmers drangen halb erstickte Laute und gedämpftes Murmeln, letzteres in eindeutig russischer Sprache. Blitzschnell und geräuschlos huschte Nina zurück in ihr Zimmer. Aus ihrer Reisetasche holte sie ihre handliche Walther PPK, die sie als Agentin mit Diplomatengepäck auch ins Ausland mitführen durfte. Eine Waffe mit damenhaften Ausmaßen, aber durchaus martialischer Wirkung auf kurze bis mittlere Distanz. Sie ließ ein Magazin einrasten und zog den Schlitten noch auf dem Flur zwischen den beiden Zimmern einmal vor und zurück. Geladen und schussbereit.

Geräuschlos glitt sie in Stephan Tellers Zimmer. Hier wandten ihr drei schwarz gekleidete Gestalten den Rücken zu und drückten den in seinem Bett liegenden Stephan Teller nieder. Ohne zu zögern trat sie dem Eindringling, der gerade mit einem Armeedolch gefährlich nahe an Tellers starr geöffnetem Mund hantierte, mit Wucht in die Kniekehle seines Standbeins. Der Mann sackte sofort auf den Boden und drehte sich langsam und überrascht in halb sitzender Haltung um. Auch die anderen beiden Angreifer hatten sich ihr nun zugewandt. Noch bevor sie reagieren konnten, trat Nina einem weiteren maskierten Mann von oben auf die Kniescheibe. Bänder rissen, und der attackierte Gegner wälzte sich unter Schmerzenslauten auf dem Zimmerboden. Der dritte Mann griff nach einer Waffe im hinteren Hosenbund. Doch die Agentin hielt ihre Walther PPK bereits mitten auf seine Stirn. Er erstarrte in der Bewegung und hob langsam die Hände. Wortlos dirigierte Nina das Killerteam aus dem Zimmer, nachdem sie ihnen bedeutet hatte, ihre Waffen auf dem Boden abzulegen. Mit gesenkten Köpfen bewegten sie sich über den Flur Richtung Ausgang. Das traurige Grüppchen kam nur langsam voran, mussten zwei von ihnen doch den dritten Mann in ihrer Mitte stützen, der stark hinkte und dabei leise russische Flüche ausstieß.

Stephan schwang die Beine aus dem Bett und atmete zweimal tief durch. „Mit dir möchte ich auch keinen Streit haben."

„Etwas sensiblere Umgangsformen wären ein guter Anfang."

Der Journalist lächelte zurückhaltend. „Ich arbeite daran. Aber so wie du austeilen kannst, müsstest du doch eigentlich auf harte Männer stehen."

„Nicht in meiner Freizeit. Brauchst du vielleicht eine Pistole? Ich habe hier gerade eine Beretta gefunden, mit Schalldämpfer."

„Ich weiß doch gar nicht, wie man mit so etwas umgeht. Außerdem ist die bei dir vermutlich in den besten Händen. Genau wie ich."

„Nun übertreib mal nicht. Du hast bei mir zwar einiges gutzumachen, aber glaubhaft solltest du dabei schon bleiben. Sag mal, irgendwie wirkte das auf mich gerade wie ein Déjà-vu-Erlebnis, die Beretta …"

„… und die russischen Stimmen haben mich auch an den Überfall in Moskau erinnert. Aber wieso die Pistole?"

„In diesem Raumfahrtmuseum wurde ebenfalls mit einer Beretta auf uns geschossen. Die hatte sogar genauso einen aufgeschraubten Schalldämpfer. Das konnte ich hören und auch kurz sehen."

„Wenn du es sagst. Dafür bist du ja schließlich die Expertin. Aber so ganz kann ich mir keinen Reim darauf machen."

„Worauf?"

„Du meintest doch, dass das russische Auftragskiller sind. Das schien mir auch schlüssig."

„Klar, die gleichen Typen."

„Aber wieso hier? Dass in Russland heutzutage nicht überall bewaffnete amerikanische Geheimagenten unterwegs sind, leuchtet mir ein. Nur hier in den USA könnte Armstrong doch die CIA einschalten und müsste nicht die russische Mafia bemühen."

„Stimmt, dafür muss es einen guten Grund geben."

„Oder Armstrong steckt gar nicht dahinter."

„Glaubst du das wirklich?"

„Eigentlich nicht. Seine Drohung kurz zuvor hing zeitlich viel zu eng mit diesem Anschlag zusammen. Außerdem ist niemand anderes als Armstrong der Mörder auf dem Mond aus dem Jahr 1969."

„Der weiß zu viel und steckt zu tief in der Sache, um nicht mit diesen Überfällen in Verbindung zu stehen. Und das werde ich ihm auch beweisen."

„Aber was wollen wir ihm beweisen? Einen Privatkrieg? Kümmert sich die CIA vielleicht gar nicht mehr um diese Angelegenheit und versucht Armstrong, im Alleingang seinen Ruf zu retten?"

„Ganz allein ist er nicht, sonst wäre diese Schlägerbande ja nicht hier gewesen. Da sind noch andere Interessengruppen beteiligt. Armstrong selbst ist dabei nicht einmal in Erscheinung getreten."

„Aber ich habe das Gefühl, dass er immer ganz in der Nähe ist."

„Sie sind mutig."
„Nur neugierig, Mr. Aldrin."
„Das kann ich bestätigen."
„Aber wieso denken Sie, dass wir beide mutig sind? Weil wir uns trotz Armstrongs Drohungen mit Ihnen treffen?"
„Von Drohungen weiß ich nichts. Ich meine den Ort unseres Treffens. Diese Aussichtsplattform habe ich selbst vor fünf Jahren eröffnet."
„Das sollte das geringste Problem sein. Wir sind schwindelfrei."
Tatsächlich eröffnete sich Nina und Stephan eine atemberaubende Aussicht. Buzz Aldrin hatte die beiden Journalisten auf eine Plattform in Arizona bestellt, nachdem er ihren Gesprächswunsch akzeptiert hatte. 1.200 Meter unter ihnen erstreckte sich der Grand Canyon. Die klare Luft über ihnen schien endlos. Ein bisschen wie im Weltall. „Skywalk" schien ein passender Name für diesen Ort zu sein. Auch hätte niemand dafür besser Pate stehen können als der Apollo-11-Astronaut.
„Die Frage ist doch vielmehr, ob Sie schwindelfrei sind", setzte Stephan seinen Gedankengang fort.
„Was glauben Sie denn? Das ist ja wohl die erste Voraussetzung für jeden, der Astronaut werden will."
„Schwindel bedeutet in unserer Sprache auch so etwas wie Lüge. Sind Sie frei von Lüge, Mr. Aldrin?"
„Das kann niemand von sich behaupten. Wer ohne Sünde ist, werfe den ersten Stein."
Nina verdrehte die Augen: „Das ist nicht der richtige Zeitpunkt für biblische Weisheiten. Sie wissen, worauf wir hinauswollen. Wir haben einen Film gesehen, einen Film, der einen Mord auf dem Mond zeigt."

Aldrins bis dahin so blasses Gesicht nahm nun eine leichte Rötung an. Seine hastig hervorgestoßenen Worte wurden von einem feinen Speichelregen begleitet.

„Es kann damals gar keinen Mord auf dem Mond gegeben haben. 1969 herrschte Krieg, kalter Krieg. Wir waren Soldaten, alle noch offiziell Mitglieder der Armee der Vereinigten Staaten von Amerika."

„Sie meinen, Soldaten sind keine Mörder?", schaltete sich nun Stephan wieder ein.

„Wer so etwas sagt, beschmutzt das Andenken unserer glorreichen Nation. Es handelte sich um einen Kriegszustand."

„Nun, dann erlauben Sie mir, daran zu erinnern, dass dieser Krieg nie erklärt wurde. Ich behaupte, dass es sich bei dieser Tat auf dem Mond um einen Mord handelte. Deshalb würde ich gern wissen, wer diesen Mord in Auftrag gegeben hat."

„Sie verstehen gar nichts. Lange vor der Mondlandung habe ich als Kampfpilot im Koreakrieg 66 Einsätze geflogen und dabei zwei MIG-15 abgeschossen. Wollen Sie mich dafür auch verurteilen?"

„Das steht mir nicht zu, und darüber möchte ich mir keine Gedanken machen. Aber lenken Sie nicht vom Thema ab. Wir können Ihnen helfen."

„Wobei wollen Sie mir denn helfen? Ich brauche keine Hilfe."

„Sehen Sie sich doch an, Sie verlieren ja völlig die Fassung. Diese Reise zum Mond ist bestimmt nicht leicht für Sie gewesen. Ganz gewiss auch nicht das, was Sie dort zu erledigen hatten."

„Sie haben immer noch keine Ahnung. Der schwierigste Teil meines Lebens ist nicht die Mondlandung gewesen, sondern die Zeit nach der Rückkehr."

„Langsam beginne ich zu begreifen. Außerdem haben Sie selbst auf dem Mond ja auch keinen Mord begangen, sondern nur bei der Beseitigung der Leiche geholfen. Das habe ich auf einem alten Film gesehen.“

„Wo soll denn dieser ominöse Film sein? Sie können doch gar nichts beweisen.“

„Aber helfen und aufklären. Arbeiten Sie nur ein klein wenig mit uns zusammen, dann wird es Ihnen besser gehen. Endlich, nach all den Jahren.“

„Diese Hoffnung habe ich längst aufgegeben.“

„Das sollten Sie als gläubiger Mensch aber nicht. Wir müssen nur wissen, wer Armstrong und Sie zu dem Mord angestiftet und auf den sowjetischen Kosmonauten hingewiesen hat. Das ist derzeit unser Hauptproblem.“

„Als Apollo 13 seinerzeit in Schwierigkeiten geriet, funkten die Astronauten den legendären Satz: ‚Houston, wir haben ein Problem!‘ Glücklicherweise konnte Houston damals das Problem lösen. Jetzt entschuldigen Sie mich, ich habe noch eine Verabredung.“

Nachdem Aldrin sich verabschiedet hatte, schaute Stephan Teller murmelnd durch die gläserne Plattform in die Tiefen des Canyons: „Danke, Buzz.“

Nina stemmte die Hände in die Hüften. „Wofür bedankst du dich? Wir sind kein bisschen schlauer als vorher, nachdem wir diesem wirren Gerede zugehört haben. Er hat nichts eindeutig zugegeben, gleichzeitig versucht, sich zu rechtfertigen, und du durftest dabei als Gesprächstherapeut dienen.“

„Zum Schluss kam der entscheidende Hinweis: Houston. Im Kontrollzentrum dort müssen immer noch alle Unterlagen der Mondlande-Mission aus dem Jahr 1969 lagern.“

Von Geburt an bis zu seinem frühen Tod blieb Boris Juri-schew hart umkämpften Orten verbunden. Er erblickte 1934 in Smolensk das Licht der Welt, genau an der Grenze zwischen Russland und Weißrussland. Schon im Mittelalter wurde die Stadt wechselweise von westlichen und östlichen Mächten erobert und blieb bis ins zwanzigste Jahrhundert hinein ein internationaler Zankapfel. Schon lange vor der Geburt des kleinen Boris gehörte Smolensk 1918 noch zur gerade erst gegründeten bürgerlichen weißrussischen Volksrepublik und wurde bereits zu Beginn des Jahres 1919 nach der Oktoberrevolution der Sozialistischen Sowjetrepublik Weißrussland eingegliedert. Diese Republik wurde kurz danach wieder aufgelöst und die Stadt endgültig dem zentralrussischen Gebiet unter sowjetischer Herrschaft zugeordnet.

Kein Wunder, dass sich Boris zeitlebens auf der Erde wurzellos fühlte. Schon immer drängte es ihn daher nach oben.

Die Erfahrungen, die er in seiner Kindheit machen musste, verstärkten diesen Wunsch. Hilflos musste er mit ansehen, wie seine Heimatstadt in der Kesselschlacht bei Smolensk 1941 von deutschen Invasionstruppen nahezu vollständig zerstört wurde. Schlimmer noch, er musste erleben, dass seine älteren Brüder und seine Schwester zur Zwangsarbeit nach Deutschland verschleppt wurden. Sein Vater überlebte den Angriff nicht. Und was die Soldaten damals seiner Mutter antaten, bekam der Siebenjährige nur dank eines halbwegs gnädigen Schicksals nicht mit. Er überstand die Schlacht unentdeckt – verborgen unter einem Geröllhaufen. Aber er sah seine Mutter danach nie wieder lachen.

Als Boris neun Jahre alt war, eroberten die sowjetischen Truppen Smolensk zurück. Den Geröllhaufen gab es immer noch. Der Junge passte auch nach wie vor darunter. Besonders viel gewachsen war er in dieser Zeit nicht. Genau genommen wurde er Zeit seines Lebens nie sehr groß. Als er unter dem Geröllhaufen wieder hervorkam, sprach seine Mutter nicht mehr.

Er sollte nie wieder einen Laut von ihr hören. Boris konnte keinen Unterschied zwischen den deutschen und den sowjetischen Soldaten erkennen. Doch die Mutter kümmerte sich auch ohne Worte bis zu ihrem frühen Tod liebevoll um ihn. So konnte der Junge eine Ausbildung zum Gießereitechniker abschließen und ein Ingenieurstudium durchlaufen. In seiner Studienzeit trat er einem Aeroklub bei und bestand 1955 mit 21 Jahren seine erste Flugprüfung. Wenige Wochen später wurde er in die sowjetischen Streitkräfte aufgenommen und dort in die Fliegerschule geschickt. Seine Begeisterung für die Fliegerei verwechselten seine militärischen Vorgesetzten schnell mit Regimetreue. Sie schickten ihn immer wieder zu Fortbildungen für vielversprechenden Kadernachwuchs auf eine Eliteschule nach Moskau, wo er bald zum Leutnant befördert wurde.

Bei seinen regelmäßigen Aufenthalten in der Hauptstadt lernte Boris eine angehende junge Ärztin kennen, die bei den medizinischen Routinekontrollen der militärischen Elite seinen Körper bereits kennen und schätzen gelernt hatte. Der aufgeschlossene Luftwaffenpilot zeigte sich von der selbstbewussten und gleichzeitig so angenehm unkomplizierten Art Jelena Iwanownas restlos begeistert. Bald machte er ihr einen sehr direkten Heiratsantrag, den sie genauso umstandslos annahm.

Die Hochzeitsfeier wurde ein rauschendes Fest, und Boris fühlte sich erstmals mit der Welt im Reinen. Er traute zwar keinem politischen System mehr, aber vielleicht konnte er damit leben, auch ohne zu verzeihen. Sogar der für die Luftwaffe verantwortliche General Valentin Wladimirow beehrte die Hochzeitsgesellschaft mit seiner Anwesenheit samt Leibwache und militärischem Ehrengefolge. Zwar hatte er schon volle Tränensäcke unter den Augen und auf den Hüften einige Kilo Speck angesetzt, doch sein stahlharter Blick und der feste Schritt ließen immer noch unzweifelhaft den dynamischen militärischen Führer erkennen. Ein Mann, der eroberte, was er wollte. Mit allen Mitteln.

Doch er fand heute weniger Beachtung als üblich, denn alle Augen richteten sich auf die Braut, die im traditionellen weißen Kleid ihre dunklen Haare kaum unter der kleinen Haube bändigen konnte. Ihre mandelförmigen braunen Augen verfolgten konzentriert das Geschehen im Saal. Jedem, der ihr zunickte, schenkte sie ein unwiderstehliches Lächeln. Auch dem General, der die Aufmerksamkeit immer besser verstehen konnte, die die Braut genoss.

Valentin Wladimirow schlenderte zu einer der Säulen, die die Galerie rund um den historischen Festsaal trugen. Dahinter gönnte sich der Bräutigam eine Zigarettenpause. Als der General sich neben ihn stellte, stand der junge Pilot stramm.

„Bleiben Sie entspannt, Genosse“, lächelte Wladimirow mit dünnen Lippen. „Das ist ein privates Gespräch. Ich wollte Ihnen nur zu Ihrer faszinierenden Braut gratulieren. Das ist wirklich ein ganz besonderes Geschöpf.“

Boris strahlte über das ganze Gesicht: „Danke, Genosse General.“

„Keine Ursache. Schön ist so eine traditionelle russische Hochzeit. Hier ganz in der Nähe des Kremls, aus dem heraus früher einmal die Zaren ein Weltreich regiert haben.“

Der Luftwaffengeneral zündete sich einen Zigarillo an und schüttelte schmal lächelnd den Kopf: „Wir Russen sind schon ein seltsames Volk. Haben ein hochmodernes sozialistisches Gesellschaftssystem und hängen gleichzeitig an unseren uralten Traditionen. Hat wohl auch sein Gutes.“

Boris Jurischew blinzelte irritiert. Wurde sein Vorgesetzter jetzt sentimental und dabei sogar systemkritisch? Eigentlich gar nicht unsympathisch. Doch Valentin Wladimirow wollte auf etwas ganz anderes hinaus und sprach unbeirrt weiter.

„In früheren Zeiten hatten die alten Herrscher in einer Hochzeitsnacht wie dieser ein ganz besonderes Recht, das ‚Recht der ersten Nacht‘. Jetzt sind wir die neuen Herrscher. Und wir

haben entschieden, dass diese gute Tradition in die moderne Zeit hinübergerettet werden sollte."

„Aber, Genosse General …"

„Nichts Genosse, meine Leibwache bringt dich jetzt ins schönste Schlafzimmer dieses alten Hauses, dort genießt du allen erdenklichen Luxus. Allein. In dieser Zeit werde ich mich mit deiner Braut in ein etwas bescheideneres Gemach zurückziehen."

Der junge Pilot machte einen schnellen Schritt auf Wladimirow zu, doch dessen Leibwache hielt ihn mit eisernem Griff zurück. Der General schnippte seinen Zigarillo auf den Boden. „Keine Sorge, junger Freund, du bekommt sie danach unversehrt wieder. Wenn sie sich willig zeigt. Zumindest für diesmal."

Boris wand sich und wollte sich befreien. Vergeblich. Vier sehnige Fäuste um seine Oberarme konnte er nicht abschütteln. „Du Monster! So etwas werde ich niemals zulassen … Der General ist ein Perverser!", brüllte er aus Leibeskräften.

Doch ein dritter Soldat stopfte ihm einen Knebel in den Mund, bevor er sich Gehör verschaffen konnte. Wladimirow senkte den Kopf und sprach mit tonloser Stimme: „Schade, ich dachte, wir könnten das heute auf zivilisierte Weise regeln. Aber der Mann ist renitent, unverkennbar. Treibt ihm das aus, endgültig, wie dem anderen beim letzten Mal."

Der Bräutigam spürte einen Einstich im Nacken, danach nichts mehr. Die Dunkelheit umfing ihn. So bekam er wenigstens nicht mehr mit, wie ihn die Schergen des Generals noch in der gleichen Nacht in eine Scheune vor den Toren Moskaus schleppten. Dort legten sie ihn auf den gestampften Lehmboden, zogen ihm die Hose aus und spreizten seine Beine. Ein breit gebauter Soldat kniete sich vor seinen Unterkörper, in jeder Hand einen Ziegelstein. Dann holte er aus und zielte mit beiden Ziegeln auf Boris Jurischews Hoden.

Als er wieder zu sich kam, nahm er zuerst Dämmerlicht wahr. Bald bemerkte er, dass er in einem Krankenzimmer mit zugezogenen Vorhängen lag. Sein Unterleib fühlte sich taub an. Doch aus seinen Lenden schien ein Schmerz heraufzuziehen, den er bis in den Magen spürte und der ihm ein dumpfes Gefühl von Übelkeit verursachte.

Eine ältliche Krankenschwester kam herein und zog die Vorhänge auf. „Geht es uns schon besser?"

Boris Jurischew blinzelte. „Wo bin ich?"

„Im Militärkrankenhaus. Der General lässt Ihnen ausrichten, dass alles zur allgemeinen Zufriedenheit geregelt ist."

Der junge Pilot schlug die Decke zurück und wollte aus dem Bett springen. Doch seine Beine gehorchten ihm nicht. Mit schreckgeweiteten Augen starrte er auf die Blutspuren auf dem Laken zwischen seinen Beinen.

Die Schwester deckte ihn langsam wieder zu. „Keine Sorge, wir behandeln solche Missgeschicke hier sehr diskret, niemand wird davon erfahren. Den Ziegelstaub haben wir sehr gründlich von Ihrem Unterleib entfernt. Nur Ihrer jungen Frau müssen Sie erklären, dass sie in Zukunft auf den intimen Teil ihres Ehelebens verzichten muss."

Boris stieß einen halb erstickten Aufschrei aus. Die Schwester wischte ihm mit einem trockenen Tuch den Schweiß von der Stirn.

„General Wladimirow hat außerdem versichert, dass alles angemessen reguliert würde, Sie brauchen die Angelegenheit nicht mehr weiter zu verfolgen. Sobald Sie sich stark genug fühlen, steht es Ihnen frei, das Krankenhaus zu verlassen. Aber wir gehen davon aus, dass es noch einige Tage dauern wird, bis Sie wieder ausreichend bei Kräften sind."

Schon am nächsten Tag schleppte sich Boris Jurischew in die kleine Moskauer Zwei-Zimmer-Wohnung, die dem frischvermählten Paar als Trauungsgeschenk des Generals ohne Wartefrist zugeteilt worden war. Als er die Tür öffnete, saß dort seine

Frau im einfachen grauen Rock und mit schwarzer Bluse be-
kleidet am Tisch. Ihr Haar wirkte ungepflegt, die vor wenigen
Tagen noch so lebhaften Augen hatten jeden Glanz verloren.
Wortlos umarmte sich das junge Paar, es bedurfte keiner Er-
klärungen. Gemeinsam legten sie sich unter die Bettdecke und
klammerten sich aneinander. Doch ihre Körper hatten jede
Leidenschaft verloren.

Boris Jurischew blieb in der Luftwaffe und machte Karrie-
re. Häufig musste der junge Pilot zu Fortbildungskursen und
Trainingseinheiten über Nacht von zu Hause fernbleiben.
Gelegentlich besuchte General Wladimirow dann die junge
Jelena in deren ehelicher Wohnung. Die hätte gerne auf diese
Aufmerksamkeit verzichtet. Doch der General gab ihr zwei-
felsfrei zu verstehen, dass eine solche Zurückhaltung für ihren
Mann sehr gefährlich werden könnte. Das Ende seiner Kar-
riere sei da nur das kleinste Übel.
Jelena wollte nicht, dass Boris noch mehr leiden musste. Daher
fügte sie sich den Wünschen des Generals. Vor ihrem Mann
konnte sie das nicht immer verbergen. Doch der hatte längst
verstanden, dass sie sich gegen Valentin Wladimirow in diesem
Staat niemals durchsetzen würden. So nahm seine Verbitte-
rung von Tag zu Tag zu.

Erstaunlicherweise legte sich sein Gram etwas, als Jelena weni-
ge Jahre später eine Tochter gebar. Auch wenn beide Eheleute
wussten, dass Boris nicht der Vater sein konnte und wer statt-
dessen das Mädchen gezeugt hatte, brachte die kleine Kathari-
na mit ihrem unbeschwerten Lachen doch etwas Licht in ihr
Leben. Dem Kind konnten sie nichts übel nehmen, denn das
Mädchen hatte sich seinen Vater bestimmt nicht selbst ausge-
sucht.
Dem General kam diese Zuneigung des falschen Vaters eben-
falls sehr zupass, denn er wollte keinesfalls die Verantwortung

für ein weiteres Kind übernehmen. So förderte er die Karriere Boris Jurischews wohlwollend weiter, bis dieser sogar in das aufstrebende Raumfahrtprogramm der UdSSR übernommen wurde. Die Sowjetrepublik brauchte nach Juri Gagarin neue Helden.

Für den jungen Luftwaffenpiloten hatte General Wladimirow eine ganz besondere Rolle vorgesehen. Er sollte der erste Mensch auf dem Mond werden, der Kosmonaut Boris Jurischew. Dieser Erfolg sollte die amerikanischen Kapitalisten wie ein Blitzschlag aus heiterem Himmel treffen. Bereitete die USA doch derzeit die erste Mondlandung mit Apollo 11 für den Juli 1969 vor. Ganz offiziell, mit dicken Schlagzeilen in allen Zeitungen. Die Russen gingen da etwas diskreter vor, genau genommen unter höchster Geheimhaltung. Ihre erste bemannte Mondrakete sollte nicht einmal vom offiziellen russischen Weltraumbahnhof Baikonur aus starten, sondern von einer geheimen Abschussrampe an der Grenze zur Mongolei. Niemand sollte diesen Start bemerken, niemand den Flug registrieren. Und dann sollte die russische Landefähre auf dem Mond aufsetzen, genau einen Tag vor der ersten Mondlandung der Amerikaner. Erstmals seit Jahren glomm Begeisterung in den Augen Boris Jurischews auf, als der General ihn in diesen Plan einweihte.

Doch seine Begeisterung schlug in Entsetzen um, als er wenige Tage später abends nach Hause kam und die verweinten Augen seiner Frau sah. Müde ließ er sich am Esstisch nieder. „Ich hätte in jedem Augenblick daran denken müssen. Der Preis ist zu hoch. Kein Ruhm und kein Mondflug können aufwiegen, was uns dieser Mann an Leid zugefügt hat und immer noch zufügt."

„Du verstehst überhaupt nichts", zischte ihn Jelena das erste Mal seit über zehn Jahren gereizt an. „Es geht nicht um dich und auch nicht um mich. Ja, Wladimirow ist wieder hier gewesen. Aber was er mit mir macht, bekomme ich schon gar

nicht mehr mit, ich habe mittlerweile gelernt, diese Momente aus meinem Bewusstsein auszublenden."

„Was genau ist das Problem?"

„Katharina. Ich musste würgen, als ich gesehen habe, wie er zuerst scheinbar liebevoll über ihren Scheitel gestreichelt hat und dann über ihren kleinen Po. Ich weiß genau, wozu das die Vorstufe ist, es kann nicht mehr lange dauern."

Boris hielt sich beide Hände vors Gesicht: „Ich finde eine Lösung."

An diesem Abend leerten die beiden Eheleute gemeinsam eine Flasche Wodka. Sie fanden keine Lösung.

„Mission Control Center heißt das Herzstück der amerikanischen Raumfahrt korrekt. Oder kurz MCC." Nina saß am Steuer eines gemieteten Ford Mustang und berichtete über ihre Online-Recherchen vom Vortag. Stephan räkelte sich verschlafen auf dem Beifahrersitz und sah gedankenverloren aus dem Fenster. Houston erwachte.

„Seltsame Architektur haben die hier. Die Wolkenkratzer da vorne sehen aus wie gigantische Medizinspritzen."

„Sollen sie ja auch. Das ist das Texas Medical Center."

„Wie geschmacklos."

„Mann, hast du wieder eine Laune! Schon vergessen, dass du dich besser benehmen wolltest? Aber du sollst dich ja auch auf das MCC konzentrieren, mitten im Lyndon B. Johnson Space Center."

„Das ist dann wohl nach dem ehemaligen amerikanischen Präsidenten benannt."

„Ah, weiß der Herr auch mal etwas? Dort sitzt das Kontrollzentrum, von dem aus 1969 die erste Mondlandung koordiniert wurde."

„Wie kommen wir denn da hinein?"

„Wir zahlen Eintritt."

„Wie?"

„Willkommen in Amerika. Hier wird alles vermarktet. Das Space Center arbeitet nach wie vor, ist aber gleichzeitig ein riesiger Freizeitpark."

„Ist nicht wahr!"

„Für neunzig Dollar pro Person kannst du dich hier einen ganzen Tag lang verlustieren."

„Und umsehen."

„Wenn du noch etwas drauflegst, kannst du sogar mit einem echten Astronauten zu Mittag essen."

„Lass uns erst einmal ein wenig nachforschen. Vielleicht können wir dann auch einen zum Nachtisch verspeisen."

Kurz darauf parkte Nina den Mustang mit quietschenden

Reifen auf einem der riesigen Besucherparkplätze, nicht ohne zuvor noch eine saftige Parkgebühr entrichtet zu haben. Stephan warf die Beifahrertür ins Schloss und starrte auf den bulligen Kühlergrill.

„Ein noch auffälligeres Auto konntest du wohl nicht bekommen?"

„Hier in Texas fällt man damit am allerwenigsten auf. Außerdem habe ich so den Verdacht, dass uns ein starker Motor noch einmal ganz hilfreich sein könnte."

„Das sieht ja wie in einem Spielerparadies in Las Vegas aus." Ninas Kinnlade klappte herunter.

„Oder wie in Disneyland."

Die beiden Ermittler legten die Köpfe in den Nacken und blickten sich in der riesigen Haupthalle des Space Centers um. Eine rote und eine blaue Bahnstrecke boten verschiedene Rundfahrten an, sogar zur Kommandozentrale. Sie setzten sich in einen der Mini-Waggons. Stephan rückte etwas näher an Nina heran, die vorgab, das nicht zu bemerken. Auf ihrer Tour konnten sie Forscher bei der Arbeit und sogar Astronauten beim Training beobachten. Auch an einer echten Saturnrakete in Originalgröße kamen sie vorbei.

„Jetzt wissen wir aber immer noch nicht mehr", stellte Nina fest, als sie die Bahn an ihrem Ausgangspunkt wieder verließen.

„Wir interessieren uns ja auch für die Vergangenheit", gab Stephan zu bedenken. „Glücklicherweise gehört hier ein Museum ebenfalls zum Inventar."

„Wo hast du das denn gesehen?"

„Schön, dass der Herr auch einmal etwas weiß", wiederholte der Journalist Ninas Worte mit leicht ironischem Unterton. „Komm mit, wir müssen nur zwei Hallen weiter."

Nina schüttelte Stephans Hand von ihrer Schulter ab, der

ihr die Richtung weisen wollte. Doch dann machte sie große Augen, als sie das Museumsgebäude betraten.

„Wahnsinn, die haben hier sogar mehrere Kinos."

„Ich glaube kaum, dass dort die Art von Filmen gezeigt
wird, die uns interessieren."

„Wo aber dann?"

Ein greller Lichtblitz ließ die beiden herumfahren. Vor ihnen stand ein schmaler kleiner Fotograf in ausgewaschenem
T-Shirt mit einer digitalen Spiegelreflexkamera. Er lächelte
unbeholfen durch seinen zotteligen braunen Vollbart.

„Entschuldigung, aber das ist Sicherheitsvorschrift. Wir
müssen von jedem Besucher ein Foto machen."

Stephan winkte ab: „Schon gut."

„Sie können das Foto auch kaufen, wenn Sie möchten.
Hier, sehen Sie mal auf meinen Kontrollschirm, Sie sind
wirklich ein hübsches Paar. Nur sieben Dollar für den Stick
mit dem Foto."

„Danke, kein Interesse."

„Wofür interessieren Sie sich denn? Ich könnte ein kleines
Video von Ihnen drehen. Andere Videos habe ich auch im
Angebot."

Der Journalist trat einen Schritt auf den Mann zu: „Ich
sagte doch, dass wir so etwas nicht brauchen … Moment,
was für Videos können Sie uns denn noch zeigen?"

„Bilder aus dem Forschungsbereich und aus dem Trainings-
center. Oder einen virtuellen Rundgang. Das kostet dann
zehn Dollar."

„Haben Sie auch alte Filme? Von den Anfängen der bemannten Raumfahrt zum Mond?"

„So etwas verkaufe ich leider nicht."

„Schade, sonst hätten Sie gutes Geld verdienen können."

„Es gibt da ein altes Archiv, da könnte so etwas liegen. Das
ist zwar schon seit Jahren geschlossen, aber ich könnte Sie
hinbringen. Für fünfzig Dollar."

Stephan zückte seine Brieftasche.

Der Fotograf führte sie zu einer Seitentür in einem Korridor zwischen zwei Museumsräumen. Aus seiner Tasche zog er einen großen Schlüsselbund.

„Hier bewahren wir auch unsere Fotoausrüstung auf."

Der Blick in einen schlauchartigen Raum zeigte auf der einen Seite unordentlich auf den Boden gestapelte Fototaschen, auf der anderen Seite Kameras und Videogeräte in baufälligen Regalen. Am hinteren Ende des Zimmers stand eine schmale Tür halb offen.

„Kommen Sie hier hindurch."

Nina warf einen Blick über die Schulter. „Können Sie vorher noch die Tür hinter sich abschließen?"

„Wozu denn das?"

Stephan steckte dem Mann noch einen Schein zu, damit sich weitere Fragen erübrigten. Die Ermittler folgten ihrem Führer in einen angrenzenden hohen Raum mit Regalen voller DVDs und Videokassetten.

„Was suchen Sie denn genau?"

„Am besten alle Filme von der ersten Mondlandung 1969", antwortete Stephan.

„Dafür haben wir ein eigenes Zimmer, denn davon gibt es am meisten Filmmaterial. Alles nur auf Kassetten, DVDs gab's damals noch nicht."

Der nächste Raum erstreckte sich beinahe genauso weit wie der vorherige. Stephan stellte sich in die Mitte und ließ seine Augen hilflos von einem Regal zum nächsten wandern.

„Wie sollen wir hier jemals etwas finden?"

„Indem wir einfach anfangen zu suchen", antwortete Nina genervt. „Immerhin sind alle Kassetten fein säuberlich in Hüllen verpackt und beschriftet. Da müssen wir eben systematisch jeden einzelnen Rücken kontrollieren. Du bist mir ja ein schöner Ermittler, wenn du so schnell aufgibst."

„Das kann dauern."

„Umso eher sollten wir anfangen."

„Dann nimm du die rechte Wand und ich die linke."

Der Fotograf räusperte sich. „Ich würde mich gerne im ersten Zimmer um meine Fotoausrüstung kümmern."

„Gehen Sie nur. Eine Frage hätten wir nur vorher noch. Können wir uns auch einen Film ansehen, wenn wir etwas Interessantes gefunden haben?"

„In dem anderen großen Archivraum ist ein Abspielgerät. Bis später dann."

Nachdem der Fotograf die Tür hinter sich geschlossen hatte, wandte sich Stephan an Nina: „Es ist bestimmt sicherer, dass du ihn gebeten hast, die Tür zum Korridor abzuschließen. Hast du denn jemanden bemerkt? Glaubst du, wir werden wieder verfolgt?"

„Ich konnte niemanden entdecken. Und eine unmittelbare Beschattung wäre mir aufgefallen, in so etwas bin ich geschult. Aber wir haben bei dieser Ermittlung schon zu viele böse Überraschungen erlebt, um nicht doppelt vorsichtig zu sein."

Der Journalist nickte und ging weiter die Regale an seiner Wandseite durch.

„Ich hätte nie gedacht, dass ich noch einmal freiwillig und mit Begeisterung nach Filmen von der ersten Mondlandung suchen würde. Was es da alles gibt: Training, Vorbereitung, Start, Raumflug, Mondlandung, Exkursionen, Neil Armstrong, Edwin Aldrin, Michael Collins … seltsam, wer ist denn Boris Jurischew?"

Nina fuhr herum: „Eindeutig ein russischer Name."

„Steht hier auf dieser Kassettenhülle."

„Dann sollten wir uns die sofort ansehen. Im Nebenraum steht doch ein Abspielgerät."

„Lass mich jetzt zur Abwechslung einmal paranoid sein.

Ich sehe erst noch einmal nach, ob die Tür zum Korridor im ersten Zimmer nach wie vor fest verschlossen ist."

„Mach das. Ich versuche solange schon einmal, das Band zum Laufen zu bekommen."

Stephan steckte vorsichtig den Kopf durch den Türspalt zum Lagerraum des Fotografen. Der saß mit gesenktem Kopf im Schneidersitz auf dem Boden und bemerkte den Journalisten gar nicht. Er schien ganz auf die Bearbeitung einiger Aufnahmen im Display seiner Digitalkamera konzentriert. Die Tür zum Korridor wirkte nach wie vor fest verschlossen. Leise zog sich Stephan zurück ins angrenzende Zimmer.

„Die Tür ist immer noch dicht. Es scheint niemand in der Nähe zu sein", flüsterte er seiner Begleiterin zu. „Der Fotograf ist nach wie vor schwer beschäftigt."

„Dann setz dich neben mich auf den Boden. Das Gerät läuft schon. Die Aufnahmen müssten jeden Augenblick auf dem Bildschirm erscheinen."

Tonlos, wie sich bald herausstellte, aber das machte nichts. Die Bilder hatten auch ohne begleitende Akustik eine mehr als hinreichende Aussagekraft. Sie zeigten den Kosmonauten Boris Jurischew, wie ihn das Emblem mit der sowjetischen Flagge auf seinem Raumanzug auswies. Das eingeblendete Datum links oben im Bildrand zeigte den 20. Juli 1969.

„Einen Tag vor dem Ausstieg der Amerikaner", raunte Stephan.

„Still, konzentrier dich auf die Bilder!"

Es handelte sich eindeutig um Aufnahmen vom Mond. Im Hintergrund konnte man die russische Landefähre ausmachen, in ihrer Optik dem amerikanischen Modell „Eagle" nicht ganz unähnlich, aber etwas gröber geschnitten. Ein Stück daneben tauchte im Bild der verhängnisvolle Geröllhaufen auf, unter dem der Kosmonaut nur einen Tag später verscharrt werden sollte.

Doch noch wirkte er sehr lebendig. Gerade bohrte er eine Stange in die Mondoberfläche. Danach bewegte er mit einem Seilzug eine Flagge in die Höhe, die sich am oberen Ende des Fahnenmastes langsam entfaltete.

Eine volle, tiefrote Fläche kam im rechten äußeren Bereich der Fahne zum Vorschein. Oben links erschien der kleine Stern in negativ gelblicher Einprägung im Rot der Fahne.

„Seltsam", bemerkte Stephan, „der Stern ist ja in der Vollfläche innen gelb. Ich dachte, auf der sowjetischen Flagge wäre nur die Kontur dieses Sternes gelb und innen alles rot."

„Pst!"

„Jetzt sieh doch mal hin, da kommt ja gar nicht das Symbol von Hammer und Sichel. Stattdessen tauchen noch mehr gelbe Sterne auf, wenn sich die Fahne entrollt."

Nina hielt sich die Hand vor den Mund. „Das ist gar nicht die sowjetische Flagge."

„Weißt du, zu welchem Land diese Fahne tatsächlich gehört?"

Manchmal ertränkte Boris Jurischew seinen Kummer aus-
wärts, um seine Frau nicht auch noch durch sein schlechtes
Beispiel zum Trinken zu bringen. Eines Abends setzte sich in
der alten Schankwirtschaft „Mütterchen Russland" ein Mann
an seinen einsamen kleinen Tisch. Er hatte hohe Wangenkno-
chen und gab ihm ein großes Glas Wodka aus. Im Dämmer-
licht der Gaststätte konnte er seine Gesichtsfarbe nicht richtig
erkennen. Sie schien dunkler zu sein als die der meisten Rus-
sen. Boris bedankte sich und sprach ihn mehr aus Höflichkeit
als aus Interesse an: „Sie scheinen nicht von hier zu sein?"
„Ich komme aus einem sozialistischen Bruderland. Auch eine
Volksrepublik. Weit im Osten."
Nun hob Boris Jurischew doch den Kopf und blickte seinem
Gegenüber in die Augen. „China?"
„Ich arbeite als zweiter Handelsattaché an der Botschaft. Bei
uns ist vieles wie bei euch, aber manches auch anders."
„Besser?"
„Wer würde das nicht von seinem Land behaupten?"
„Ich vielleicht."
„Das Allgemeinwohl wird auch bei uns dem Wohl des Einzel-
nen vorangestellt. Aber die Ehre ist bei uns unantastbar. Das
hilft, dass die Regeln von allen eingehalten werden."
„Auch von den Führern eures Landes?"
„Meistens, jedenfalls mehr als bei euch. Das ist eine gute Fra-
ge. Warum interessiert dich das, mein Freund?"
„Weil bei uns die Herrschenden gleicher sind als das Volk. Du
weißt, was das heißt. Die besitzen nicht nur mehr, sie besitzen
auch uns, wie Leibeigene."
„Wenn du mir hilfst, die Überlegenheit unseres Systems zu zei-
gen, kann ich dir auch helfen."
„Ich bezweifle, dass einer von uns beiden die Probleme des an-
deren lösen kann. Wenigstens meine sind viel zu groß, davon
hast du keine Ahnung."
„Ich werde dir das Gegenteil beweisen."

„Wie willst du das machen?"

„Komm in einer Woche um die gleiche Zeit wieder hierhin."

Noch in derselben Nacht ging Boris Jurischew mit seiner Frau im dichten Nebel um den Häuserblock spazieren. Er befürchtete, dass man ihn in seiner Wohnung abhören könnte. Dabei kam er nicht auf den Gedanken, dass das nicht nötig gewesen wäre. Denn auch Valentin Wladimirow wollte keine Mithörer haben, wenn er Jelena in dieser Wohnung besuchte. Also hatte er nie eine Abhörung angeordnet und eine solche dem KGB sogar ausdrücklich untersagen lassen.

Jedenfalls ermutigte Jelena ihren Mann zum nächsten Treffen mit dem chinesischen Diplomaten.

„Du weißt, was das bedeutet", wandte Boris ein. „Der zweite Handelsattaché einer Botschaft gehört beinahe immer dem Geheimdienst an. Wir lassen uns mit Spionen ein."

„Um diesem Alptraum zu entkommen, würde ich auch einen Pakt mit dem Teufel eingehen. Schlimmer kann es nicht mehr werden."

Also traf sich der angehende Kosmonaut eine Woche später wieder im gleichen Lokal mit dem chinesischen Agenten. Dieser hatte noch einen stämmigen Kollegen mit der gleichen gelbbraunen Gesichtsfarbe und einem hängenden Schnurrbart mitgebracht, der das Gespräch sogleich übernahm.

„Wir wissen, wer Sie sind. Ein aufstrebender sowjetischer Luftwaffenpilot, dem eine glänzende Karriere als Kosmonaut bevorsteht."

„Sie sind gut informiert, aber das überrascht mich nicht."

„Wir wissen auch, dass Sie in einem geheimen Mondflugprogramm der UdSSR eine Schlüsselrolle spielen. Sie sollen als Russe der erste Mensch auf dem Mond sein, noch einen Tag vor den Amerikanern."

„Nun verblüffen Sie mich doch. Vor den USA hat unsere Führung dieses Geheimnis gut behütet. Offensichtlich nicht vor Ihnen."

„Niemand ist im Ausspähen von Geheimnissen besser als ein Chinese."

„Scheint zu stimmen. Wohin das wohl noch führen soll?"

„Weiß ich auch nicht. Aber ich weiß, dass wir in anderen Bereichen nicht so gut sind, zum Beispiel in der Raumfahrttechnologie. Der Wettlauf zum Mond findet ausschließlich zwischen Russen und Amerikanern statt, da können wir nicht mitreden."

„Wie bedauerlich für Sie, aber nicht zu ändern."

„Vielleicht doch. Sie könnten uns helfen."

„Wenn Sie glauben, dass ich die technischen Geheimnisse unserer Raumfahrt lüften und Ihnen erklären könnte, sprechen Sie mit dem falschen Mann. Ich bin Pilot, demnächst Kosmonaut, aber kein Raketeningenieur."

Der Chinese machte eine wegwerfende Handbewegung: „Sie verstehen mich falsch. Warum sollten wir einen Umweg nehmen? Sie werden als russischer Kosmonaut mit einer sowjetischen Rakete zum Mond fliegen, aber im Auftrag der Volksrepublik China."

„Wer sagt das?"

„Mao Tse-tung persönlich. Der weise Führer weiß von unserem Treffen und hat mich ermächtigt, mit Ihnen zu verhandeln. Mao ist nicht mehr jung und möchte noch einmal einen Triumph seines Volkes erleben."

„Was können Sie mir anbieten?"

„Die Freiheit für Sie, Ihre Frau und das Kind. Freiheit von der Sowjetunion und Freiheit von General Wladimirow."

„Woher wissen Sie, dass ich mir nichts mehr auf der Welt als das wünsche?"

„Ich sagte doch, dass Chinesen alle Geheimnisse aufdecken. Wir bringen Ihre Frau und das Mädchen nach China. Unauffällig, wenige Tage vor Ihrem Start zum Mond."

„Und ich?"

„Wir geben Ihnen Koordinaten mit. Sie können dann nach

einer kleinen Kurskorrektur auf chinesischem Boden landen und dort friedlich und unbehelligt mit Ihrer Familie bis ans Ende Ihrer Tage in Wohlstand leben. Übrigens auch hochberühmt."

„Ruhm zählt für mich nicht mehr. Aber welchen Ruhm hätten das chinesische Volk und sein Führer, wenn ich nach meiner Mondmission in China lande?"

„Ich vergaß, ein kleines Detail zu erwähnen. Klein, aber von unermesslicher Bedeutung. Welcher Teil Ihrer Mondmission hat die höchste Symbolkraft?"

„Ich verstehe nicht ganz. Die Landung?"

„Sie wollen für Ihr Land den Mond in Besitz nehmen. Wie zeigen Sie das?"

„Indem ich nach der Landung dort die Flagge der Sowjetunion hisse. Die Bilder der sowjetischen Fahne auf dem Mond werden dann unmittelbar in unser Kontrollzentrum übertragen und von dort kurz vor der Landung der Amerikaner weltweit ausgestrahlt."

„Was würde wohl geschehen, wenn Sie stattdessen auf dem Mond die Flagge der Volksrepublik China hissen würden? Die könnten wir Ihnen kurz vor Ihrem Start zukommen lassen. Sie könnten die Fahne gewiss versteckt unter Ihrem Raumanzug unauffällig mit an Bord Ihrer Mondrakete nehmen."

Boris Jurischew hob sein Wodkaglas und lächelte breit.

So kam es, dass ein russischer Kosmonaut am 20. Juli 1969 auf dem Mond eine chinesische Flagge hisste.

„Armstrong hat die Wahrheit gesagt. Es gab 1969 keine sowjetische Flagge auf dem Mond. Das ist die chinesische Fahne." Stephan rieb sich mit Daumen und Zeigefinger die Augen.

Nina knetete ihre Unterlippe: „Aber ein Mörder bleibt er doch."

„Nur in wessen Auftrag?"

„In eigener Sache? Das wird wohl nicht reichen. Der Fall wird immer undurchsichtiger, Amerikaner, Russen und jetzt auch noch die Chinesen."

„Die Chinesen hätten wohl kaum den Auftrag erteilt, den Mann zu ermorden. Denen hat er doch gedient."

„Vielleicht haben sie ihn bestochen, gekauft oder erpresst."

„Irgendwie habe ich das Gefühl, dass Boris Jurischew diese Flagge freiwillig und sogar gern gehisst hat. Aber das werden wir wohl nie so genau erfahren."

„Etwas anderes würde ich auch noch gerne wissen. Wie haben Armstrong und Aldrin Boris Jurischew überhaupt gefunden? Das kann doch kein Zufall sein, dass sie an genau der gleichen Stelle gelandet sind."

„Schau mal hier, im Seitenfach der Kassettenhülle steckt ein altes Blatt Papier."

„Das ist aber schon sehr vergilbt."

„Man kann es immerhin noch lesen. Das scheinen Koordinaten zu sein."

„In russischer Sprache. Das müssen die Koordinaten des Landeplatzes auf dem Mond sein. Wettest du dagegen?"

„Eine Flasche Rotwein. Wenn du die auch trinkst."

„Darüber sprechen wir ein andermal. Das sind aber keine kyrillischen Schriftzeichen. Das hat ein Westeuropäer oder eher noch ein Amerikaner notiert, der russisch sprach, aber alles in seinem gewohnten Alphabetsystem niederschrieb."

„Was ist da vorgefallen? Einige wichtige Puzzlestücke haben wir schon, die anderen finden wir auch noch. Jetzt lass uns erst einmal diesen Film und die Koordinatenangaben sicherstellen."

Stephan steckte beides zurück in die Kassettenhülle und schob diese in seinen hinteren Hosenbund. Dann zog er sein Leinenjackett darüber, damit niemand die Hülle sehen konnte. Die beiden Ermittler gingen zurück in den Vorraum, der zur Tür auf den Zwischenkorridor des Museums führte.

Jetzt stand die Tür weit offen. Hinter ihr, nur von innen erkennbar, lag der Fotograf. Mit einem Einschussloch über der Nasenwurzel, genau in der Mitte der Stirn.

Stephan Teller blieb in Schockstarre stehen. „Wie konnten die uns finden?"

„Dein Leinenjackett hat mehr Falten als mein Großmütterchen", ertönte eine tiefe Stimme mit slawischem Akzent. „Darin hätte man eine ganze Armee von Minisendern verstecken können, als wir in deinem Zimmer waren. Aber einer hat gereicht."

„Verdammt, daran hätte ich denken müssen!", stieß Nina zwischen zusammengepressten Lippen hervor.

Die drei Russen standen mit spöttischem Gesichtsausdruck neben einem der Standregale. Einer hielt wieder eine Beretta mit aufgeschraubtem Schalldämpfer im Anschlag. In diesen Kreisen schien das die Standardwaffe zu sein, für die es jederzeit Ersatz gab, wenn einmal eine abhanden kam.

„Wieder mit Schalldämpfer. Deshalb haben wir auch keinen Schuss gehört, als der Fotograf ermordet wurde", flüsterte die Agentin.

„Du wirst heute noch genug mitbekommen", zischte ein zweiter Russe, als er hinter Nina trat. Man konnte bemerken, dass er auf einem steifen Bein hinkte, das er unter der Hose vermutlich am Knie geschient hatte.

„Wir beide haben noch eine Rechnung offen."

Der Mann hielt vorsichtig Abstand, holte aber einen

Schlagstock aus seiner Jacke, an dessen Ende eine Kette mit einer Stahlkugel befestigt war. Auf der Kugel saßen Dornen aus Metall.

„Erst die Arbeit, dann das Vergnügen", kommandierte ein dritter Russe und streckte die Hand aus. „Her mit der Kassette!"

Stephan blinzelte. „Welche Kassette?"

Ehe er es überhaupt registrierte, hatte man ihm schon die Beine weggezogen, und er lag flach auf dem Bauch. Ein Russe kniete auf ihm und drehte ihm schmerzhaft den Arm auf den Rücken. Ein zweiter tastete ihn ab, der dritte hielt Nina weiter mit seiner Pistole ruhig.

„Ich spüre hier etwas unter meinem Knie", sagte der erste Angreifer zum zweiten. Der reagierte sofort und ertastete die Kassettenhülle an Stephans Hosenbund. Er zog sie heraus und übergab sie dem Mann mit der Pistole, der der Anführer zu sein schien.

„Wieder ein Beweis weniger", keuchte Stephan. „Können wir denn nie belegen, was 1969 auf dem Mond wirklich geschehen ist?"

„Das dürfte jetzt euer geringstes Problem sein." Der Russe mit der Beretta verzog die Lippen zu einem schmalen Lächeln, seine Augen blieben dabei hart.

„Kümmert euch zuerst um die Frau, die ist gefährlicher. Danach ist der Typ an der Reihe. Vielleicht hat er ja noch Spaß beim Zusehen, das sollte dann sein letztes Vergnügen sein."

Valentin Wladimirow fiel der Zigarillo von der Unterlippe, als er die Livebilder vom Mond im Kontrollzentrum in Baikonur am Bildschirm verfolgte.

„Was macht der da? Der hisst eine chinesische Flagge. Wo kommt die überhaupt her?"

Der General merkte nicht einmal, dass der Zigarillo am Boden lag und dort weiter glomm. Stattdessen verpasste er dem am Monitor sitzenden Techniker in seiner unkontrollierten Wut einen Faustschlag gegen den Schädel. Der Techniker wurde aus seinem Sessel zu Boden geworfen und verbrannte sich dort am Zigarillo des Generals auch noch die Hand. Doch er wagte keinen Laut von sich zu geben und schlich wie ein geprügelter Hund davon. Die anderen zwanzig Mitarbeiter im Kontrollzentrum verharrten ebenfalls in angstvoller Stille.

„Verhaftet seine Frau und das Kind. Auf der Stelle!", brüllte Wladimirow. „Bringt sie sofort zum Verhör in die Lubjanka, in die tiefste Etage, auch die Kleine."

Im Laufschritt eilte ein Mitarbeiter in Uniform aus dem Raum. Der General wartete und trommelte neben dem Monitor stehend ungeduldig auf die Schreibtischplatte. Er zündete sich einen neuen Zigarillo an.

„Diese Bilder können wir niemals senden", flüsterte er mehr zu sich selbst als zu den anderen Anwesenden im Kontrollzentrum. „Der Kerl hat alles zerstört, ein schneller Tod ist eigentlich viel zu gut für ihn. Doch wir werden wohl schnell handeln müssen. Mit der Handsteuerung kann er in China landen und dort die Originalaufnahmen abgeben, auch wenn wir sie nicht senden, dann wird die ganze Welt diese Blamage zu sehen bekommen."

Nach kaum mehr als einer halben Stunde eilte der uniformierte Mitarbeiter zurück ins Kontrollzentrum.

„Melde gehorsamst, Genosse General, Genossin Jurischewa ist nicht auffindbar, das Kind auch nicht. Eine Nachbarin hat erzählt, dass beide schon vor einigen Tagen mit einem Koffer die Wohnung verlassen haben."

„Auf Familienbesuch in Smolensk werden sie wohl nicht sein. Der Weg nach Peking war bestimmt bequemer."

„Wie meinen, Genosse General?"

Als Antwort bekam der militärische Bedienstete einen Hieb in die Magengrube. Dann versetzte Wladimirow dem zu Boden gegangenen Mann noch einige gezielte Tritte in die Rippen.

„Das sollte Ihnen eine Lehre sein, ungefragt gegenüber einem Vorgesetzten das Wort zu erheben. Und titulieren Sie diese Schlampe gefälligst nie wieder mit ‚Genossin', das hat sie nicht verdient. Die ist nicht mehr unsere Genossin!"

Der Gescholtene zog sich auf die Knie hoch und nickte schwer atmend. Doch das bemerkte der General schon nicht mehr, als er sich der Tür zuwandte. Er musste dringend in sein Büro, um zu telefonieren.

Am 20. Juli 1969 genau um 18.34 Uhr blickte Robert Gilruth, Leiter des Lyndon B. Johnsons Space Center in Houston, überrascht von seinem Schreibtisch auf. Sein persönlicher Assistent war in sein Büro eingetreten, ohne anzuklopfen. Er schloss sogar unaufgefordert hinter sich die Tür. Sehr ungewöhnlich für diesen Mitarbeiter, den Gilruth bis dahin als äußerst feinfühlig und formvollendet kennengelernt hatte.

„Sir, ein dringender Anruf aus Baikonur."

Robert Gilruth rollte bei geneigtem Kopf die Augen und blickte den vor ihm stehenden Mann schräg von der Seite an.

„Sehr ungünstiger Zeitpunkt, Sie wissen doch, dass ich jetzt ins MCC muss. Die Mondlandung steht unmittelbar bevor, ich habe keine Zeit. Richten Sie das aus, der Anrufer soll sich morgen wieder melden."

„Der Mann behauptet, genau diese Mission sei akut gefährdet. Er müsse sofort mit Ihnen sprechen."

„Was soll denn dieser Unsinn? Na gut, stellen Sie durch, zwei Minuten. Mehr nicht."

In der nächsten Stunde sollte Gilruth das MCC nicht betreten. Zunächst wirkte der Anrufer erstaunlich unaufgeregt und der Leiter des Kontrollzentrums wunderte sich erst einmal über dessen elegantes Englisch.

„Ich habe vor dem Krieg einige Jahre in Cambridge studiert", klärte Valentin Wladimirow ihn auf. „Aber mein Anruf hat einen ganz anderen Anlass."

„Es wird wohl um die in wenigen Stunden stattfindende Mondlandung gehen. Deshalb werden Sie verstehen, dass ich jetzt nur noch sechzig Sekunden Zeit für Sie habe."

„Irrtum, es geht um die Mondlandung, die vor wenigen Stunden stattgefunden hat. Deshalb werden Sie sich sogar in den nächsten sechzig Minuten und auch noch länger ausschließlich mit mir beschäftigen."

„Was reden Sie da für einen Unfug?"

„Vor wenigen Stunden hat eine russische Landefähre mit dem Kosmonauten Boris Jurischew an Bord auf dem Mond aufgesetzt."

„Ganz schlechter Versuch. Sie können uns jetzt nicht mehr aus dem Konzept bringen. Wenn eine solche Landung stattgefunden hätte, hätten Sie längst weltweit Bilder davon ausgestrahlt."

„Wir wollen diese Bilder nicht ausstrahlen. Und Sie wollen auch nicht, dass sie gezeigt werden. Wir haben jetzt gemeinsame Interessen."

„Ich wüsste nicht, was wir gemeinsam haben sollten."

„Dieses Geplänkel nützt niemandem. Ich lasse Ihnen die Bilder per Funk schicken. Wenn Sie sie gesehen haben, werden Sie mit mir sprechen wollen, Ihr Büro hat meine Rufnummer in Baikonur."

Wenig später saß Robert Gilruth kreidebleich allein vor einem Fernsehschirm in einem der Besprechungszimmer des Space

Centers. Immer wieder wischte sich der hagere Mann mit einem Taschentuch den Schweiß von der kahlen Stirn. Die Bilder wirkten zweifelsfrei echt.

Nachdem er den Fernseher abgeschaltet hatte, stürzte er zurück in sein Büro und verschloss die Tür hinter sich. Sein erster Anruf ging nicht nach Baikonur.

„Von Braun", meldete sich am anderen Ende der Leitung eine sonore Stimme im Marshall Space Flight Center in Alabama.

„Gilruth hier, wir haben ein Problem."

„Ein technischer Defekt?"

„Ein menschlicher."

Wernher von Brauns kurze Kommentare wurden immer abgehackter und atemloser, als der Mann aus Houston ihm schilderte, was er gerade erfahren und sogar gesehen hatte.

„Ein Russe mit einer chinesischen Flagge auf dem Mond … einen Tag vor uns … diese Bilder darf nie jemand sehen … gut, dass die Russen das auch nicht wollen."

„Was sollen wir machen?"

„Ihre Männer müssen den Kosmonauten unschädlich machen. Es darf ihn nie gegeben haben."

„Wie soll das gehen? Wie sollen wir ihn finden? Und wie kommen wir dorthin?"

„Dieser sowjetische General muss Ihnen die genauen Koordinaten des Landeplatzes geben. Der Eagle hat eine sehr präzise und autonome Handsteuerung, die muss Armstrong aktivieren. So wird er den Russen finden."

„Und dann?"

„Stellen Sie sich nicht noch dümmer als Sie sind. Ich sagte doch, dieser russische Kosmonaut hat nie gelebt, wir sind die Ersten auf dem Mond. Sorgen Sie mit Ihren Männern dafür, dass das die Wahrheit bleibt, ich will in ein paar Stunden weltweit im Fernsehen unsere Pioniere auf dem Mond sehen."

Gilruth schluckte und legte auf. Dann ließ er sich mit Baikonur verbinden.

„General Wladimirow, wir haben tatsächlich gemeinsame Interessen."

„Diese Bilder dürfen niemals gezeigt werden, Boris Jurischew hat es nie gegeben."

„Wir verstehen uns. Wo genau ist er gelandet?"

„Im Meer der Ruhe."

Robert Gilruth notierte auf einem unlinierten weißen Blatt die Koordinaten der Landestelle, die ihm der Sowjetgeneral durchgab. Diesmal in russischer Sprache, weil es sich um ein russisches Koordinatensystem handelte.

„Das ist ein Stück von unserem geplanten Zielpunkt entfernt. Wird schwierig, ich muss mich beeilen."

Danach rief Gilruth im Kontrollzentrum an. „Ich brauche eine Funkverbindung zu Neil Armstrong auf den Apparat in meinem Büro. Keine Mitschnitte, absolut vertraulich."

Dann sprach der Befehlshaber aus Houston seine Kommandos in den Weltraum. Der Mann auf seiner Reise am Sternenhimmel hörte zu und nickte. Als langjähriger Berufssoldat hatte er sich längst daran gewöhnt, zu gehorchen, ohne überflüssige Fragen zu stellen.

„Buzz Aldrin können Sie ruhig mir überlassen, Sir. Ich rede mit ihm. Er wird funktionieren."

Nina wusste, dass sie kaum noch eine Chance hatte. Aber zumindest wollte sie ihre letzte Gelegenheit nutzen, um sich zu wehren. Gerade trat der Anführer der drei Russen auf sie zu und zog mit seiner linken Hand die Walther PPK aus ihrem Schulterhalfter. Mit der rechten hielt er weiterhin seine Beretta auf sie gerichtet.

Blitzschnell umfasste Nina den Lauf der italienischen Pistole und bog die Waffe nach außen weg. Im Selbstverteidigungstraining hatte sie gelernt, dass sie bei diesem Vorgehen einerseits aus der Schussbahn geriet und andererseits einen überlegenen Druck auch auf einen physisch stärkeren Gegner ausübte, weil sie so seine Finger überdehnte.

Als der Russe bemerkte, dass ihm die Beretta entwunden wurde, zog er Nina den Lauf ihrer eigenen PPK über den Schädel. Sie stöhnte kurz auf und ging zu Boden. Dabei ließ sie die Beretta fallen. Die beiden anderen Russen wandten sich dem Geschehen zu und lockerten dabei den Griff, mit dem sie Stephan festhielten. Der Journalist drehte sich blitzschnell um die eigene Achse und griff als Erster nach der Beretta auf dem Boden. Nun richtete er die bereits entsicherte Waffe auf den russischen Anführer, der halb abgewandt seine Aufmerksamkeit in Ninas Richtung konzentriert hatte.

„Waffe fallen lassen!", stieß Stephan hervor. „Wenn du dich umdrehst, bist du tot."

Stattdessen wand sich der Russe mit einer eleganten Bewegung blitzschnell um den Türrahmen und stand nun auf dem Korridor des Museums, vor Blicken und Schüssen durch eine Wand geschützt.

Seine beiden Kumpane folgten ihm hastig stolpernd. Instinktiv feuerte Stephan hinterher, den Lauf der Waffe leicht nach unten gesenkt. Der hinkende Russe schrie auf. Der Journalist hatte ihn getroffen, wieder in das steife Bein.

Alle drei Angreifer befanden sich nun auf dem Korridor

in Deckung hinter der Wand. Nina schüttelte benommen den Kopf und richtete sich halb auf. In gebückter Haltung zog sie Stephan hinter sich her in den angrenzenden ersten Archivraum. Zwischen den beiden Gruppen befand sich nun eine Abstellkammer für Fotozubehör, in der ein toter amerikanischer Fotograf lag. Patt.

„Hätt' ich nicht gedacht", keuchte die Agentin, als sie an der Wand neben der Tür in die Hocke ging. Stephan kauerte neben ihr. „Du hast tatsächlich geschossen. Und sogar getroffen. Diesmal hast du mir das Leben gerettet, wir sind quitt."

Der Journalist lächelte: „Ich glaube, ich bin dir immer noch einiges schuldig."

„Darüber reden wir ein andermal."

„Zuerst müssen wir hier raus."

„Wie willst du an den drei Typen vorbeikommen?"

„Vielleicht können wir Hilfe holen. Hat dein Handy hier ein Netz?"

„Ja, tatsächlich. Wen soll ich anrufen?"

„Die amerikanischen Sicherheitskräfte?"

„Und wenn die CIA mit in der Sache steckt?"

„Kann ich mir nicht vorstellen. Glaubst du wirklich, dass die mit einer russischen Killertruppe zusammenarbeitet?"

„Du könntest Recht haben. Das werden wir jetzt sehr schnell herausfinden."

Nina wählte eine Nummer und sprach mit lauter Stimme in ihr Handy: „Houston Police, please."

Sofort ertönte eine tiefe Stimme mit slawischem Akzent auf dem Korridor: „Stopp, lassen Sie uns eine Abmachung treffen."

Die Agentin nahm das Handy vom Ohr und rief auf den Flur hinaus: „Was schlagen Sie vor?"

„Keine Polizei. Wir ziehen ab, Sie geben uns zehn Minuten Vorsprung. Dann können Sie das Gebäude ungehindert verlassen."

„Könnte funktionieren. Aber nur, wenn Sie uns eine Information geben."

„Was wollen Sie wissen?"

„Wer ist Ihr Auftraggeber?"

„Sie kennen ihn längst: Mr. Armstrong."

„Keine amerikanische Regierung?"

„Keine ...", der Russe zögerte kurz, „... amerikanische Regierung. Was ist jetzt, oder sollen wir es uns doch noch anders überlegen? Wir könnten auch Mr. Armstrong anrufen, der hat bestimmt gute Kontakte, vielleicht könnte er ja mit der amerikanischen Polizei reden, dass sie uns laufen lässt, dabei kommt ihr aber nicht so gut davon."

„Darauf wollen wir es wohl beide nicht ankommen lassen."

„Also, gilt unser Deal dann?"

„Abgemacht."

Nina und Stephan sahen sich an. Dann hörten sie Schritte, die sich auf dem Korridor entfernten, eine Person hinkend und keuchend.

Der Journalist schüttelte den Kopf: „Noch einmal davongekommen. Aber irgendetwas stimmt hier nicht."

„Klar, die haben uns wieder den Beweis geklaut."

„Nein, ich meine etwas anderes. Die hatten Angst vor den amerikanischen Behörden. Also steckt die CIA wohl nicht mit in der Sache."

„Das haben wir uns ja schon gedacht."

„Die Russen aber auch nicht. Die hätten wohl kaum eine Schlägertruppe der russischen Mafia geschickt, sondern richtige Agenten."

„Bleibt also nur noch Armstrong als einziger Drahtzieher."

„Glaubst du das wirklich? Dass der eine solche Sache ganz allein durchziehen kann? Mit Satellitenüberwachung und Raketenangriffen aus dem All?"

„Weiß nicht genau. Er hat jedenfalls einige finanzielle Mittel und sehr gute Verbindungen."

„Wenn ihn die USA unterstützen würden, brauchte er wohl kaum eine russische Killertruppe."

Nina kaute auf ihrer Unterlippe: „Stimmt schon, wenig kosten werden die auch nicht."

„Weißt du noch, was dein Chef gesagt hat?"

„Vor lauter Ärger habe ich dem nicht so genau zugehört."

„Er hat erzählt, dass die Bundesregierung diplomatische Verstimmungen befürchtet. Deshalb will er die Geschichte nicht an die Öffentlichkeit kommen lassen."

„Schon merkwürdig, wenn sich US-amerikanische und russische Stellen jetzt überhaupt nicht einmischen. Denn es sieht doch ganz so aus, als ob die Russen die Amerikaner zu ihrem abtrünnigen Kosmonauten auf dem Mond geführt hätten. Es handelt sich hier offensichtlich um einen gemeinsam verabredeten Mord, nur unternimmt keine der beteiligten Nationen unmittelbar etwas gegen unsere Recherchen."

„Vielleicht ist das aber auch gar nicht so verwunderlich. Wir haben jetzt andere Zeiten und andere Regierungen. 1969 amtierte in den Vereinigten Stadt gerade der frisch gewählte Republikaner Richard Nixon als Präsident, heute sitzt ein Demokrat im Weißen Haus …"

„… und in Moskau hatte der Hardliner Leonid Breschnew die Macht", ergänzte Nina. „Heute gibt es nicht einmal mehr das Sowjet-System. Wer hätte also ein Interesse, die Taten von damals zu vertuschen?"

„Wer außer Neil Armstrong? Denn ich glaube immer noch nicht, dass der ohne fremde Unterstützung auskommt."

„Um das herauszufinden, müssen wir erst einmal von hier verschwinden. Komm, auf dem Flur ist alles still."

Stephan atmete tief durch, als er wenige Minuten später auf dem Beifahrersitz des Ford Mustang saß und das satte Röhren der Acht-Zylinder-Maschine vernahm.

„Ich hätte nie gedacht, dass so etwas Musik in meinen Ohren sein kann."

Nina tippte das Gaspedal leicht an, und der Wagen schoss in einer eleganten Rechtskurve aus dem Parkplatzareal. Genauso elegant beschleunigte hinter ihnen ein dunkler Chrysler. Zunächst hielt er auf der breiten geraden Straße einige hundert Meter Abstand. Der Fahrer hatte dabei immer noch guten Sichtkontakt und musste nicht befürchten, sein Ziel aus den Augen zu verlieren. Doch als die Straße kurvenreicher und unübersichtlicher wurde, schloss der Chrysler dichter auf. Der Beifahrer kurbelte das Seitenfenster herunter und wartete, bis sich der Verkehr immer weiter lichtete. Schließlich waren nur noch zwei Fahrzeuge unterwegs. Neben dem heruntergelassenen Beifahrerfenster im Verfolgerfahrzeug wurde der aufgeschraubte Schalldämpfer einer Beretta sichtbar. Der rechte Außenspiegel neben Stephan zersprang klirrend.

NASA-Flugleiter Gene Kranz im Kontrollzentrum in Houston befolgte seine gerade geänderten Befehle, auch wenn er deren Sinn nicht verstand. Neil Armstrong sollte die Mondfähre Eagle per Handsteuerung im südwestlichen Teil des Meeres der Ruhe landen, nicht weit vom Moltkekrater mit sechseinhalb Kilometern Durchmesser. Kranz konnte diese kurzfristige Änderung nicht nachvollziehen. Schließlich hatte man in jahrelangen Verfahren einen weiter östlich gelegenen Landeplatz ausgewählt. Die automatische Steuerung hätte den Eagle souverän an diesen Punkt geführt. Hier gab es keine Krater oder Felsbrocken. Außerdem wusste man, dass der Untergrund eine ausreichende Tragfähigkeit für das Gewicht der Fähre aufwies. Diese Vorzüge schienen am neuen Landeplatz keineswegs gesichert, ein Restrisiko blieb.

Den aktuellen Anlass für die Umstellung auf Handsteuerung lieferte eine Alarmmeldung des Navigationssystems der Mondfähre um 19.59 Uhr. Doch diesen Alarm hatte Armstrong selbst ausgelöst, weil er zusätzlich zum Landeradar den zu diesem Zeitpunkt völlig überflüssigen Navigationsradar eingeschaltet hatte. Die beiden unterschiedlichen Navigationsmodi blockierten sich gegenseitig. So lief die Mondfähre Gefahr, viereinhalb Kilometer vom ursprünglich geplanten Zielpunkt entfernt mitten in einem Krater zu landen. Dort auf dem Boden lagen zahlreiche große Felsbrocken, die zu erheblichen Unebenheiten auf der vorgesehenen Landefläche führten.

Also gab Kranz Armstrong die neuen Koordinaten durch, die Gilruth auf einem weißen Blatt notiert und ihm gegeben hatte. Wo immer sein Vorgesetzter die herhaben mochte. Aber er hatte ihm unmissverständlich klargemacht, dass das der zwingend vorgegebene neue Landepunkt war. Nur erstaunlich, dass Robert Gilruth wissen konnte, dass ein solcher alternativer Landepunkt notwendig werden würde, noch bevor sich die beiden Navigationssysteme gegenseitig blockiert und den Alarm ausgelöst hatten.

Doch das sollte nicht seine hauptsächliche Sorge sein, denn die Crew bekam nun ein gravierendes Zeitproblem. Für eine längere Suche nach einem geeigneten Landeplatz reichten die Treibstoffreserven kaum aus. Nachdem Armstrong den gefährlichen Krater überflogen hatte, musste er auf schnellstem Wege den richtigen Landepunkt finden. Sonst hätte der Eagle danach nicht mehr ausreichend Treibstoff für den Start.

Glücklicherweise hatte Gene Kranz an seinem Kontrollmonitor keine Zeit, gemeinsam mit 600 Millionen anderen Zuschauern weltweit die dramatischen Fernsehberichte zur Mondlandung zu verfolgen. Denn die Kommentatoren erkannten das deutlich überstrapazierte Zeitfenster für die Landung sehr genau. Daher rätselten sie hilflos, warum Armstrong immer weiter flog und einfach nicht zur Landung ansetzte. Gene Kranz hätte möglicherweise der Belastung dieses Nervenkriegs nicht standgehalten, wenn ihm die Problematik in vollem Umfang bewusst gewesen wäre.

Hätte der Kommandant der amerikanischen Mondfähre jetzt nicht schnell und kaltblütig reagiert, wäre die zweiköpfige Besatzung verloren gewesen. Der Treibstoff reichte nur noch für 20 Sekunden, als Neil Armstrong am 20. Juli 1969 um 20 Uhr, 17 Minuten und 58 Sekunden meldete: „Houston, hier ist der Stützpunkt ‚Meer der Ruhe‘. Der Adler ist gelandet.“

Die Agentin schaltete einen Gang zurück und trat das Gaspedal durch. Stephan wurde wie bei einem Flugzeugstart in seinen Sitz gepresst. Der Abstand zum Fahrzeug hinter ihnen vergrößerte sich innerhalb von Sekunden beträchtlich. Nina stellte den Innenspiegel mit der Hand nach und beobachtete den immer kleiner werdenden Chrysler.

„Auf die Entfernung bräuchten die schon ein Präzisionsgewehr, um noch zu treffen. Eine Pistole reicht da nicht mehr. Nett, dass man sich in Houston immer noch ab und zu mit Raketenstarts beschäftigt."

„Sehen können die uns aber schon noch."

„Gleich nicht mehr."

Nina bremste leicht ab und fuhr mit für Stephans Empfinden viel zu hoher Geschwindigkeit links in eine Nebenstraße ab. Dabei brach das Heck des Fahrzeugs nach rechts aus. Der Journalist spürte Panik in sich aufsteigen. Gleich würde sich das Auto mehrfach um die eigene Achse drehen und dann genau in eine Hausecke auf der rechten Straßenseite schleudern. Er hielt sich beide Hände über den Kopf.

„Heckantrieb", kommentierte die Agentin lakonisch.

Trotz der 90-Grad-Linkskurve, in der sie sich befanden, bewegte sie das Lenkrad um eine Viertelumdrehung nach rechts und beschleunigte. Der Wagen zog sich aus der Kurve heraus und stabilisierte seine Fahrtrichtung in die folgende Gerade hinein.

„Das nennt man Gegenlenken oder auch Driften", erläuterte Nina vollkommen entspannt. „Funktioniert bei einem Mustang mit Heckantrieb ganz hervorragend. Und weil's so schön ist, gleich noch mal, nur diesmal rechts herum."

In der folgenden Rechtskurve wiederholte sie das Manöver, aber diesmal mit einer Gegenlenkbewegung nach links. Doch nachdem sie aus der Kurve heraus beschleunigt hatte, bremste sie das Fahrzeug gleich wieder ab und blieb am Straßenrand stehen.

„Wo sind wir hier eigentlich?"

„Das wollte ich dich gerade fragen. Du bist gefahren."

„Ich habe mich darauf konzentriert, bewaffnete Verfolger abzuhängen. Da kann ich nicht auch noch auf den Weg achten."

„Das Haus da drüben scheint ein Museum zu sein."

„Wirkt aber ein bisschen seltsam."

„Ist ja auch ein seltsames Museum."

„Wieso?"

„Das ist ein Beerdigungsmuseum, sieh mal das Schild dort. Wir stehen vor dem nationalen Museum der Bestattungskultur in den Vereinigen Staaten von Amerika. So etwas Ehrwürdiges gibt es in Houston offensichtlich auch, nicht nur ein Raumfahrtzentrum."

„Wollen wir reingehen?"

„Ist vielleicht sicherer. Lass uns auf den Parkplatz hinter dem Haus fahren, da können wir von der Straße aus nicht gesehen werden. Wenn wir uns dort ein bis zwei Stunden aufhalten, dürften uns die Russen längst woanders suchen."

„Einverstanden, aber du zahlst den Eintritt."

„Du denkst schon wie eine Amerikanerin."

Nachdem sie an der Kasse vorbei das Foyer durchquert hatten, grub Nina im ersten Ausstellungsraum ihre Finger so fest in Stephans Unterarm, dass es schmerzte: „Die Leiche vom Mond."

„Das hier ist der Saal der Einbalsamierung", lachte Stephan.

„Schon vergessen? Leichen, die lange auf dem Mond liegen, gleichen immer mehr einer Mumie. Vor dir liegt die Mumie eines ägyptischen Pharaos."

„Schon klar. Der sieht unserer Mondleiche aber auch wirklich täuschend ähnlich."

„Dabei ist das nur ein Modell. Genau wie die Sarkophage, die hier herumstehen. Die würden wohl kaum unbewacht echtes Gold lagern."

„Nicht das erste Mal, dass man sich bei den Amerikanern fragt, was echt ist und was nicht."

„Schauen wir uns die Leichenwagen an."

„Wenn das mal kein schlechtes Omen ist."

„Du bist doch sonst so unerschrocken. Willst du ausgerechnet jetzt deine abergläubische Seite entdecken?"

„Still, hast du das gehört?"

„Was denn?"

„Ich meine, im Nebenraum hat jemand geflüstert."

„In Museen flüstern die Leute eigentlich immer."

„Aber üblicherweise wird man vor Museumsbesuchen nicht von russischen Killern verfolgt."

„Konntest du denn etwas verstehen?"

„Nein, aber man kann nie vorsichtig genug sein. Komm hier rüber."

Nina zog Stephan durch eine gegenüber liegende Tür. Dahinter stürmte sofort eine Kaskade farbiger Lichtblitze auf sie ein. Ein Stück weiter entdeckten sie grell bemalte Särge in Form von Booten, Fischen oder Hühnern.

Der Journalist schüttelte den Kopf. „Seltsamer Geschmack, seltsame Auswüchse."

Dann zuckte er zusammen. Ein Pfau mit einem bunten Federkleid bewegte sich und flüsterte dem Zebra neben ihm etwas zu. Schließlich hakte sich der Pfau bei dem Zebra ein und die beiden verließen leise raunend den Raum.

Nina klappte die Kinnlade herunter. „Zum Glück habe ich mich scheinbar wirklich verhört. Die beiden flüstern nicht nur irritierend, sie sehen auch noch sehr merkwürdig aus."

Stephan blickte mit einem ungläubigen Ausdruck in den Augen dem älteren Ehepaar hinterher, das gemächlich davonwackelte. Der Mann trug einen schwarzweiß gestreiften Anzug mit weiten Schlaghosen, die Frau einen mit Blumen geschmückten Hut und eine Federboa.

„So etwas gibt es wohl nur in Amerika. Sind das jetzt Besucher oder Ausstellungsstücke?"

Nina hakte sich ebenfalls bei ihrem Begleiter ein. „Du wolltest doch zu den Leichenwagen."

Einen Raum weiter bewunderten sie die Fahrzeuge, mit denen Ronald Reagan und John F. Kennedy auf ihrem letzten Weg transportiert wurden. Daneben fand sich ein Beerdigungsbus aus dem vergangenen Jahrhundert, mit dem früher ganze Trauergesellschaften mit bis zu zwanzig Teilnehmern einschließlich Sarg befördert wurden.

„So langsam können wir uns wieder auf den Weg zum Ausgang machen", meinte Nina nach einem ausgiebigen Imbiss in der Cafeteria des Museums. „Die Russen dürften längst nicht mehr in der Nähe sein."

„Ich frage mich nur, warum die uns überhaupt gefolgt sind. Die haben uns den verräterischen Film doch schon abgejagt."

„Vermutlich wissen wir einfach zu viel und sollen zum Schweigen gebracht werden."

„Kann schon sein. Aber der Versuch wirkte ziemlich halbherzig. Jedenfalls haben die schnell aufgegeben."

„Ohne Beweise kommen wir mit unserer Geschichte wohl auch nicht weit. Der Film wäre der Schlüssel zur Glaubwürdigkeit gewesen."

„Gut aufgepasst, Frau Journalistin! Ich würde nur zu gerne wissen, warum es diesen Film überhaupt gegeben hat."

„Die Bildübertragungen der russischen Mondfähre konnten nur vom russischen Kontrollzentrum in Baikonur aufgefangen werden. Der Kosmonaut Boris Jurischew hätte also durch eine Kurskorrektur bei der Landung auf der

Erde auf chinesischem Territorium niedergehen und dort den Film physisch an die chinesische Führung übergeben müssen."

„Das hatte er gewiss vor."

„Nur kam ihm etwas dazwischen."

„Seine Ermordung."

„Danach haben Armstrong und Aldrin den Film zurück auf die Erde mitgebracht."

„Nur eben nicht nach China und auch nicht in die Sowjetunion."

„Sondern in die USA."

„So konnte der Beweis sichergestellt werden."

„Aber leider jetzt nicht mehr von uns."

„Wir brauchen einen anderen Beweis, sonst gibt es keine Geschichte mehr. Jede Recherche muss eine nachprüfbare Grundlage haben."

„Ich fürchte, ich ahne, woran du denkst."

„Klar, mein Lieblingsthema. Die Flagge, die Boris Jurischew am 20. Juli 1969 auf dem Mond gehisst hat. Jetzt wissen wir ja, dass es sich um eine chinesische Fahne handelt. Das ist der letzte Beweis, der noch irgendwo existieren und zugänglich sein könnte."

„Was soll diese blöde Flagge denn beweisen? Chinesische Fahnen gibt es auf der Welt genug."

„Aber keine, die auf dem Mond wehte. Ich habe mich ein wenig erkundigt, Mondstaub ist äußerst klebrig, haftet an allem und riecht nach Schießpulver. Wenn wir diese Flagge finden, wird unsere Geschichte doch noch geschrieben, denn dann haben wir einen unwiderlegbaren Beweis."

„Aber warum sollte die Fahne überhaupt irgendwo auffindbar sein?"

„Auf dem Mond ist sie jedenfalls nicht mehr. Dort hat nach der Mission von Apollo 11 niemals jemand eine chinesische Flagge entdeckt."

3. Buch
Die Chinesische Mauer

„Wären wir nicht besser in den USA geblieben?" Nina kniff nachdenklich die Augen zusammen.

„Die Flagge könnte an jedem Ort der Welt sein", antwortete Stephan lächelnd. „Deshalb können wir unsere Recherchen auch genauso gut von hier aus fortsetzen."

Mit ‚hier' meinte der Journalist seine Heimatstadt Köln. Nach ihrem Rückflug aus den Vereinigten Staaten hatten die beiden Ermittler zunächst einmal ihren Jetlag ausgeschlafen. Danach hatten sie sich zu einem späten Abendessen verabredet, um ihr weiteres Vorgehen zu besprechen. Dass sie gemeinsam weiter recherchieren würden, stand nach ihren letzten Erlebnissen in den USA mittlerweile auch für Stephan außer Frage. Er freute sich sogar auf die Zusammenarbeit, auch wenn er das ungern zugab, nicht einmal vor sich selbst.

„Aber in den nächsten Stunden recherchieren wir nicht mehr. Dazu ist der Abend zu schön", erklärte Nina mit bestimmtem Nicken. „Außerdem haben wir Vollmond, sieh mal, der Himmel ist ganz klar. In solchen Nächten kann viel passieren. Aber Geschäfte sollte man dann keine machen, auch keine anderen waghalsigen Unternehmen."

Stephan stützte das Kinn auf seine Hand, immer noch mit einem verhaltenen Lächeln auf den Lippen. „Ich werde doch nicht diese einmalige Gelegenheit ruinieren."

Die Agentin hob eine Augenbraue: „Welche Gelegenheit?"

„Dich beim Weintrinken zu erleben."

Jetzt lächelte Nina ebenfalls: „Bei Vollmond geschehen manchmal unglaubliche Dinge."

Sie saßen im ummauerten Innenhof eines libanesischen Restaurants außerhalb Kölns, unter einem leicht bewölkten Nachthimmel, der die Hitze des Spätsommertages mild konservierte. Kein Lufthauch regte sich, die Windstille schuf eine friedvolle Atmosphäre. Stephan hatte schon vor dem Essen einen leichten Chateau Bergerac bestellt.

„Das ist kein Wunder, manchmal habe ich nur einen guten Geschmack", antwortete Stephan leise.

„Zumindest scheinen sich unsere Geschmacksnerven an diesem Ort zu treffen", ergänzte Nina und schob sich eine Gabel Petersiliensalat in den Mund. Sie schlug die Beine übereinander und wippte mit einem ihrer in weit ausgeschnittenen, flachen Schuhen steckenden Füße auf und ab. Dabei streifte sie Stephans Schienbein und lehnte sich entspannt zurück.

„Danach gibt es noch Kichererbsenbällchen in Sesamsoße und mit Kurkuma gewürztes orientalisches Huhn."

„Das hört sich paradiesisch an. Aber nur, wenn ich mein Huhn auch gegen Fisch austauschen darf. Dazu kannst du mir jetzt schon noch ein Glas Wein bestellen."

„Einer von uns beiden müsste aber noch fahren. Und ich habe schon mein viertes Glas vor mir."

Diesmal ließ Nina ihren Fuß an Stephans Schienbein ruhen. Den Schuh hatte sie beim Wippen auf dem Boden verloren.

„Wenn wir uns die Kosten teilen, können wir das Auto stehen lassen und ein Taxi nehmen. Wir können ja beide zu mir fahren. Ein Ziel ist preiswerter."

„Mittlerweile kann ich mir auch nicht mehr vorstellen, dass sich deine Frau an deinem gelegentlichen Weingenuss gestört hat", meinte Nina am nächsten Morgen beim Frühstück in ihrer Altbauwohnung. „Warum habt ihr euch also wirklich scheiden lassen?"

„Warum lebt eine Frau wie du in keiner festen Partnerschaft?"

„Die Frage ist einfach beantwortet. Wer will schon so ein Leben teilen, immer unterwegs? Da halten viele ja schon körperlich nicht mit. Außerdem kann ich nie meinen Mund halten und muss immer das letzte Wort haben, da braucht ein Mann viel Selbstbewusstsein."

„Darf ich das als Kompliment verstehen?"

„Lenk nicht immer vom Thema ab. Du hast meine Frage jetzt schon zweimal mit einer Gegenfrage beantwortet. Warum bist du geschieden?"

„Vielleicht habe ich wirklich genug Selbstbewusstsein, um mit einer hübschen und klugen Frau zusammen zu sein. Aber wenn meine Frau ein besseres und vor allem sicheres Einkommen hat als ich und mir dies auch noch ständig vorhält, beschädigt das mein Selbstwertgefühl schon. Auch wenn ich das nicht gern zugebe."

„Deshalb hast du sie also verlassen?"

„So kann man das nicht sagen, irgendwann haben wir unsere gemeinsame Wohnung aufgelöst, und jeder ist seiner Wege gegangen. Ich hatte schon lange aufgehört, auf ihre Vorwürfe zu antworten. So gingen wir ohne große Gefühlsausbrüche auseinander."

„Das könnte man Luxustrennung nennen."

„Schönes Wort. Aber vielleicht hätte ich mit etwas mehr Emotionalität die Scheidung auch schneller verarbeitet."

„Hast du das denn nicht?"

„Das ist komplizierter, als man zuerst meint. Irene vermisse ich gar nicht. Es geht mehr um meinen Vater."

„Was hat der denn damit zu tun?"

„Er hat nicht mir den Rücken gestärkt, sondern meiner Frau. Meinte, es sei eine Schande, dass ich kein ordentliches Geld als Wissenschaftler verdienen würde, so wie er früher. Vor Irene hatte er da mehr Achtung, die ist immerhin in einem wissenschaftlichen Archiv tätig."

„Schöner Vater. Aber immer noch einfacher für dich, als wenn du noch an deiner Frau hängen würdest."

„Stimmt, trotzdem denke ich nicht so gern daran. Wir sollten uns wieder an die Arbeit machen."

„Die Suche nach der Flagge. Wo könnten wir ansetzen?"

„Wie wär's bei der ESA?"

„Warum sollten wir dort eine chinesische Flagge finden, die die Amerikaner 1969 vom Mond mitgebracht haben?"

„Manchmal habe ich meinem Vater früher doch zugehört. Ließ sich gar nicht vermeiden. Er hat immer wieder betont, wie eng Amerikaner und Deutsche in der Raumfahrt zusammengearbeitet haben."

„Was hatte dein Vater damit zu tun?"

„Er ist Physiker. Wurde 1969 sogar von Wernher von Braun in die USA eingeladen, um bei der Apollo-11-Mission mitzuwirken."

„Das erzählst du mir erst jetzt?"

„Entschuldigung, aber ich konnte das Thema nicht mehr hören. Ewig lag er mir in den Ohren, was für ein erfülltes Leben man doch als Wissenschaftler hat. Und was für ein enges Vertrauensverhältnis es damals zwischen Amerikanern und Deutschen in Houston gab."

„Vielleicht hatte er Recht."

„Eben. Deshalb könnten wir ja hier in Europa einmal nachforschen."

„Wo sollten wir da genau suchen? Der Hauptsitz der ESA ist in Paris, glaube ich."

„Wir könnten vielleicht erst einmal vor unserer Haustür anfangen. Die deutsche Zentrale ist in Köln-Porz. Auf dem Gelände des Deutschen Zentrums für Luft- und Raumfahrt liegt auch das Europäische Astronautenzentrum."

„Das habe ich schon einmal gehört. Da trainieren doch alle europäischen Astronauten für ihre Weltraumeinsätze."

„Gut recherchiert. Die meisten fliegen dann zur Internationalen Raumstation ISS. Übrigens trainieren in Porz nicht nur europäische Astronauten, sondern auch amerikanische, russische und japanische."

„Interessanter Berührungspunkt."

„Das ist noch nicht einmal der einzige. Alle diese Astronauten werden ausschließlich mit amerikanischen Space Shuttles oder mit russischen Sojus-Raumschiffen in den Weltraum befördert. Wenn mein Vater also seine Erinnerungen nicht allzu schön gefärbt hat …"

„… könnten die Amerikaner durchaus auch mit ihren deutschen Kollegen bei der Entsorgung der chinesischen Fahne zusammengearbeitet haben. Klingt logisch. Aber vielleicht haben dann ja die Deutschen die Flagge vernichtet."

„Ist nicht ganz auszuschließen, aber ich glaub's eher nicht. Denk nur mal an die Archivierungswut der ordentlichen Bundesbürger."

„Es sei denn, die Amerikaner haben die Flagge doch behalten."

„In Houston schien sie jedenfalls nicht zu sein."

„Also auf nach Porz."

„Ich habe schon die ganze Zeit darüber nachgedacht, an welchem romantischen Ort wir diesen schönen Spätsommertag verbringen könnten."

Nina und Stephan nahmen an einer offiziellen Besucherführung teil. Gelangweilt standen sie in einer Gruppe am riesigen Trainingsbecken.

„Sie stehen vor Europas tiefstem Schwimmbecken", erklärte der Führer gerade. „Von der Wasseroberfläche bis zum Boden des Beckens sind es zehn Meter. Bei einer Breite von 17 und einer Länge von 22 Metern können hier Modelle großer Module der Raumstation ISS in Originalgröße versenkt werden. In dieser Tiefe trainieren dann die zukünftigen Astronauten unter Bedingungen, die der Schwerelosigkeit im Weltall ziemlich ähnlich sind."

Nina verdrehte die Augen. „Ich weiß nicht, wie uns das hier weiterbringen soll", zischte sie Stephan ins Ohr.

In diesem Augenblick durchbrach ein Mann in einem Raumanzug die Wasseroberfläche. Zwei Helfer zogen ihn aus dem Becken und setzten ihn an den Rand. Gleich darauf tauchte ein zweiter Astronautenanwärter von unten auf. Nachdem er neben seinem Kollegen platziert wurde, schälten sie die beiden Helfer aus ihren Raumanzügen. Darunter trugen die Männer Trainingskleidung. Vorsichtig richteten sie sich auf und streckten ihre Gliedmaßen. Immer wieder ballten sie die Hände zur Faust und streckten danach ihre Finger aus.

„Die Astronautenanzüge haben eine relativ starre Struktur", erläuterte der Führer. „Das muss so sein, damit sie den widrigen Bedingungen im Weltall standhalten können. Doch dadurch ist es für die Raumfahrer auch unglaublich schwer, sich in ihren Anzügen zu bewegen. Allein das Ballen der Faust erfordert in dieser Kleidung so viel Kraft wie das Zusammendrücken eines Tennisballs mit der bloßen Hand in der Erdatmosphäre. So wird jeder Handgriff zur Herausforderung."

Die Gruppe ging mit den beiden Astronauten in ihrer Mitte zum nächsten Besichtigungspunkt. Nina und Stephan blieben neben den Raumanzügen am Beckenrand zurück. Die Helfer würden die Kleidung vermutlich später einsammeln.

„Na toll", nörgelte die Agentin. „Und wo ist jetzt diese blöde Flagge?"

„Still, sieh mal da drüben!"

Der Journalist zeigte auf den offenen Ausgang, durch den die Gruppe eben verschwunden war. Drei Gestalten in dunklen Anzügen schlenderten dort ziellos auf und ab. Einer von ihnen zog ein steifes Bein leicht nach. Noch hatten sie die beiden Ermittler nicht entdeckt. Doch das schien nur eine Frage der Zeit zu sein.

„Was jetzt?", flüsterte Nina. Eine andere Tür zum Raum mit dem Tauchbecken gab es nicht.

„Ich weiß nicht. Jedenfalls möchte ich den drei Typen nicht schon wieder begegnen. Ich kann mir nicht vorstellen, dass wir dabei noch einmal ungeschoren davonkommen."

„Vermutlich haben sie die gleiche Idee gehabt wie wir und suchen hier auch nach der chinesischen Fahne."

„Und nach uns. Nur können sie uns in diesem belebten Raumfahrtzentrum nicht einfach erschießen. Das würde selbst mit Schalldämpfer zu viel Lärm verursachen."

„Hinkebein trägt einen dunklen Rucksack. Schau dir an, was er da herausholt."

„Eine schwarze Armbrust. Absolut lautlos und tödlich."

„Sieht aus, als hätten wir keinen Ausweg mehr."

Die ersten Tage in Peking erlebte Jelena Jurischewa wie in Trance. Niemand sagte ihr, was sich genau ereignet hatte. Doch sie begriff, dass sie ihren geliebten Boris in diesem Leben nie mehr sehen würde.

Denn sonst wäre die Atmosphäre in dem kleinen Landhaus nicht so bedrückend gewesen. Schon einen Tag nach ihrer Ankunft, am 21. Juli 1969, wurden die Gesichter des Hauspersonals plötzlich verschlossener. Zwar behandelten die Bediensteten Jelena und ihre Tochter nach wie vor äußerst zuvorkommend und erfüllten ihnen jeden Wunsch, doch auf ihren Lippen tauchte nie wieder ein Lächeln auf. Ihre Blicke verrieten nur noch Bedauern, vielleicht sogar Mitleid. Sie ließen sich in kein Gespräch verwickeln, gaben keinerlei Auskünfte.

Auch der hohe Beamte des chinesischen Außenministeriums, der sie noch vor zwei Tagen am Flughafen so überschwänglich begrüßt hatte, ließ sich nie wieder blicken.

Jelena aß fast nichts mehr, trank viel Wasser und gelegentlich ein Glas Wodka, den man eigens für sie aus Russland importieren ließ. Die kleine Katharina spürte das Unglück, ohne es benennen zu können, und litt stumm mit ihrer Mutter. Ihr zuliebe wandte sich Jelena dann nach einigen Wochen wieder dem Leben zu. So konnte es nicht ewig weitergehen. Das Kind musste eine Zukunft haben.

Deshalb äußerte Jelena den Wunsch, wieder in ihrem alten Beruf als Ärztin arbeiten zu dürfen. Der Hausvorsteher gab das Ansinnen offensichtlich an die richtigen Stellen weiter. Denn schon bald fanden sich die beiden in einer kleinen Wohnung in der Hauptstadt wieder. Die junge Mutter bekam die Gelegenheit, zu praktizieren.

Die Behörden verloren nach und nach das Interesse an ihr. Immer seltener bekam sie Besuch von offiziellen Vertretern der Staatsmacht, die sich jedes Mal zufrieden zeigten, dass es ihr gut ging und sich keine Probleme zu ergeben schienen.

So entging den chinesischen Behörden auch, dass Jelena nach einigen Monaten beim Einkaufen eines Tages von einem Amerikaner angesprochen wurde. Er traf sich mit ihr danach in regelmäßigen Abständen in einem Café. Die beiden ergänzten schrittweise gegenseitig ihre Informationen über den Verlauf des 20. Juli 1969. Daraus ergab sich für beide ein lückenloses Bild.

Doch der Agent machte Jelena unmissverständlich klar, dass sie diese Informationen niemals preisgeben dürfe. Ihr Leben und das Leben ihres Kindes hinge davon ab.

Die junge Ärztin verstand das und richtete sich danach. Aber es gefiel ihr ganz und gar nicht. Es fühlte sich an, als würde sie ihren Mann zum zweiten Mal verlieren.

Sie musste sich in eine Haltung fügen, die ihr fast körperliche Schmerzen bereitete. Deshalb wurden ihr auch die Treffen mit dem Amerikaner immer unangenehmer. Der Agent reagierte darauf viel sensibler, als sein äußeres Auftreten hätte vermuten lassen. Er gab Jelena an einen deutschen Führungsoffizier ab.

Ein gewiss nicht ungeschickter Schachzug. Die beiden befreundeten Geheimdienste arbeiteten im kalten Krieg eng zusammen. Und Jelena konnte dem Deutschen gegenüber alle Befangenheit ablegen. Denn die Deutschen waren an den Ereignissen im Juli 1969 in keiner Weise beteiligt. Von deutschen Raumfahrttechnikern in Houston wusste sie nichts.

Außerdem hatte der Amerikaner bis dahin längt alles erfahren, was er wissen wollte. Er konnte fest darauf vertrauen, dass die Russin schweigen würde. Sollten sich doch noch Schwierigkeiten ergeben, hatte sein deutscher Kollege sie ja fest im Blick und würde ihn warnen. Glaubte er jedenfalls.

Doch er hatte nicht damit gerechnet und würde auch nie erfahren, dass der deutsche Agent durchaus seine eigenen Pläne verfolgte. Durch Jelenas Wissen erhielt er Geheimdienstinformationen, zu denen er auf seiner Hierarchie-Ebene üblicherweise überhaupt keinen Zugang hatte. Diese behielt er für sich und gab sie auch nicht an seine Vorgesetzten weiter. ‚Wissen ist Macht‘, das hatte er längst verstanden. Außerdem stand er in einer langen Tradition von geheimdienstlichen Mitarbeitern in seiner Familie. Schon sein Vater war beim Nachrichtendienst gewesen, und sein Sohn schien nun ebenfalls diesen Weg einzuschlagen. Vielleicht würde er eines Tages sogar einen Enkel haben, der für den Geheimdienst arbeitete. Die hochkarätigen Informationen, die er hier sammelte, könnten dann noch späteren Generationen seiner Familie nützlich sein.

Nina deutete auf die Raumanzüge: „Anziehen, sofort!"

„Was …?"

„Frag nicht lange."

Unbeholfen stülpten sich die beiden Ermittler die Monturen über und ließen sich ins Wasser gleiten. Jetzt betraten auch die drei Russen den Raum. Noch bevor Stephan seinen Raumhelm aufsetzen konnte, sah der Anführer sein Gesicht und deutete aufgeregt in ihre Richtung. Die Journalisten tauchten unter. Luftblasen stiegen an die Oberfläche.

Der hinkende Gangster holte aus seinem Rucksack einen Aluminiumpfeil. Er musste seine ganze Kraft aufwenden, um den Seilzug der Jagdarmbrust mit siebzig Kilogramm Zugkraft zu spannen. Dann zielte er genau ins Zentrum der aufwirbelnden Luftblasen. Mit einem singenden Geräusch schnellte die Sehne nach vorne.

„Wie bei einer Harpune", bemerkte der Russe mit einem breiten Lächeln, das aber seine Augen nicht erreichte.

Der Pfeil verschwand zischend in der Tiefe. Er verfehlte Nina und Stephan um gut achtzig Zentimeter, denn die beiden fanden unter dem Modul der Raumstation im Wasser Deckung. In der Tiefe verlor das Geschoss an Schnelligkeit und Durchschlagskraft.

„Nachladen!", befahl der Anführer.

„Das hat keinen Zweck. Von hier aus kommt kein Pfeil unter die Metallteile."

„Dann schwimm hinterher!"

„Ohne Taucheranzug in zehn Meter Tiefe? Ist nicht nötig, irgendwann müssen die auch wieder hochkommen. Wir können hier einfach warten."

„Solange wir nicht auffallen."

Die beiden Assistenten der Astronauten tauchten in der Tür auf: „Wo sind die Raumanzüge?"

Der russische Anführer stieß seine Untergebenen an: „Nichts wie weg hier."
Unauffällig packte der hinkende Killer die Armbrust in seinen Rucksack. Er warf noch einen letzten Blick zurück auf das Becken.
„Ich werde die beiden zum Schweigen bringen, für immer. Und wenn es das Letzte ich, was ich mache!", zischte er. „Das bin ich nicht nur unseren Auftraggebern schuldig."
Dann drückten sich die drei Männer an den Assistenten vorbei durch die Tür.
Nina und Stephan tauchten wieder auf. Die Assistenten stürzten auf sie zu, zogen sie aus dem Wasser und rissen ihnen die Raumanzüge fast vom Leib.
„Was ist denn das für ein Unfug? Sie können doch nicht einfach Raumanzüge anziehen und ins Wasser hüpfen."
„Wo sind unsere Assistenten?", reagierte Stephan ungerührt mit einer Gegenfrage.
„Welche Assistenten? Wir sind die Assistenten."
„Wir sind vom Team Österreich und waren jetzt hier mit unseren Assistenten verabredet. Wir dachten, sie hätten uns diese Anzüge bereitgelegt."
„Oh, Verzeihung. Ich wusste gar nicht, dass jetzt auch Österreicher bei uns trainieren."
„Na, die können was erleben. Komm, Nina, wir suchen sie sofort."

Zwei Räume weiter hatte Nina endlich aufgehört zu lachen. „Wer solche Ausreden erfindet, der muss doch auch eine Idee haben, wo wir etwas effektiver suchen können."
Stephan senkte in gespielter Bescheidenheit die Augen: „Ich hätte eigentlich gleich darauf kommen müssen. Die haben hier doch bestimmt auch ein Pressearchiv."
Tatsächlich saßen die beiden Ermittler schon bald vor Bildschirmen an einem großen Schreibtisch mit mehreren Ar-

beitsplätzen im Europäischen Astronautenzentrum. Aber es handelte sich nicht um Kontrollmonitore für Raumfahrtmissionen, sondern um die digitalisierten Daten des Pressearchivs der Organisation. Sein Journalistenausweis ermöglichte Stephan Teller mit Begleitung hier problemlos den Zutritt. Nina fuhr unmotiviert mit dem Zeiger ihrer Maus über den Bildschirm.

„1969, 1970, 1971 – wo sollen wir hier bloß anfangen zu suchen?"

„Ich könnte mir vorstellen, dass die Amerikaner nicht lange gezögert haben. Die Flagge musste weg, bevor jemand unbequeme Fragen stellen konnte." Stephan zeigte mit dem Finger auf die erste Jahreszahl. „Mach einen Klick auf 1969."

„Toll, da gibt es nur 86 Untermenüs."

„Versuch's mit ‚Internationale Kooperationen'."

„Das gilt für alle Bereiche. Damals gab es noch keine eigenen Initiativen der Europäer. Damit ist unsere Suche kein bisschen eingeschränkt."

Zwei Stunden und 54 Minuten später streckte Stephan entnervt die Arme und schob die Maus seines PCs an die hintere Schreibtischkante: „So kommen wir wirklich nicht weiter."

„Hab' ich dir ja gleich gesagt."

„Vielleicht sollten wir mal dein Zerrbild fragen."

„Wen bitte?"

„Dein Zerrbild. So wie diese Archivarin mit den kurzen grauen Haaren und der vertrockneten faltigen Haut stelle ich mir dich ungefähr nach einem Vulkanausbruch vor."

„Den kannst du gleich haben!" Nina nahm einen vollen Aschenbecher vom Arbeitstisch und holte aus.

Nachdem Stephan sich die kalte Asche vom Hosenbein gewischt hatte, stellte sich heraus, dass seine Idee gar nicht so schlecht war. Hinter ihrem Schreibtisch im Vorzimmer zeigte sich die Archivarin deutlich auskunftsfreudiger, als es ihr Äußeres vermuten ließ.

„Die Verzeichnisse auf unserem Server listen lückenlos alles auf, was wir hier archiviert haben. Was suchen Sie denn genau?"

Stephan beugte sich leicht vor und antwortete mit leiser Stimme: „Wir interessieren uns für Archivmaterial aus dem Jahr 1969."

„Das ist lange her. Damals gab es hier noch gar kein Pressearchiv."

„Es geht um Informationen über die erste Mondlandung. An diesem Projekt haben doch auch deutsche Wissenschaftler in den USA mitgearbeitet."

„Stimmt, viele von denen haben uns auch später Material dazu übergeben. Doch wir konnten aus Platzgründen nicht alles archivieren. Manchmal wissen auch Privatpersonen, die an der Mission beteiligt waren, wo etwas zu finden ist."

„Sie meinen Forscher, die die erste Mondlandung von der Erde aus begleitet haben?"

„Kennen Sie einen?"

Als Nina und Stephan das Gebäude verließen, zog sie ihn hinter die nächste Hausecke. Sie legte einen Zeigefinger auf die geschürzten Lippen und deutete vorsichtig auf eine schwarze Limousine mit einem dezenten Mietwagenlogo an der Windschutzscheibe. Gerade stiegen die drei Russen in ihren dunklen Anzügen in das Auto und fuhren los. Nachdem sie im Archivgebäude verschwunden waren, gingen Stephan und Nina zügig, aber unauffällig zu ihrem eigenen Wagen und machten sich ebenfalls auf den Weg. Sie wussten, dass die Zeit jetzt drängte. Die russischen Killer blieben ihnen dicht auf der Spur. Nun mussten die Journalisten schnellstens zu Ergebnissen kommen, bevor sie wieder entdeckt wurden.

Ninas Enttäuschung war groß, als Stephan sie zunächst vor ihrer Wohnung absetzte. Aber er ließ sich nicht erweichen. Er wollte unbedingt allein zu seinem Vater. Stephan gönnte dem alten Mann nicht auch noch Publikum, wenn er ihn um etwas bitten musste. Auch wenn er nur eine Information brauchte und von seinem Vater wissen wollte, ob er etwas über die Lagerung von Archivmaterial aus dem Jahr 1969 wusste.

Der Journalist fühlte sich immer unbehaglicher, als er in westlicher Richtung stadtauswärts fuhr. Das Haus seines Vaters stand in der Kreisstadt Bergheim, rund 25 Kilometer vor den Toren Kölns. Er kam nicht gerne hierhin. Als er an seiner alten Schule, dem Erftgymnasium, vorbeifuhr, musste er daran denken, wie sich seine Mitschüler über seine ewig nörgelnde Mutter und seinen rechthaberischen Vater lustig gemacht hatten. Einmal, so gegen Mitte der siebziger Jahre, war sein Vater sogar in der Schule aufgetaucht, um einen Vortrag über die Mondlandung zu halten. Noch Monate danach spotteten die Heranwachsenden über den alten Wichtigtuer. Als besonders peinlich empfand der junge Stephan es damals, dass diese Schüler Recht hatten.

Stephan bog in eine ruhige Wohnstraße hinter dem neuen Amtsgericht ein. Sein Vater, bekleidet mit Hausschuhen und Morgenmantel, erwartete ihn bereits an der Tür des breit angelegten, eingeschossigen Wohnhauses mit dem spitz zulaufenden Dach. Wie seit über vierzig Jahren war der Rasen im Vorgarten zentimeterkurz und auch an den Rändern perfekt geschnitten. Blumen wuchsen hier nicht.

„Du kannst reinkommen", empfing ihn sein Vater. „Aber wenn du Geld willst, bist du an der falschen Adresse. Ich habe nichts übrig. Zumindest nicht für jemanden, der seine Chancen nicht nutzt, durch anständige Arbeit selbst Geld zu verdienen."

Der Journalist schloss die Tür hinter sich und blieb im halbdunklen Flur stehen. „Ich freue mich auch, dich zu sehen, Vater. Nein, danke, ich möchte nichts trinken."

Friedrich Teller strich mit dem Zeigefinger über seinen kurzgeschnittenen Schnurrbart. Das immer noch volle weiße Haar des über achtzig Jahre alten, hageren Mannes glänzte im Dämmerlicht der schräg durch ein kleines Fenster einfallenden wenigen Sonnenstrahlen.

„Was willst du dann?"

„Ich möchte etwas von dir wissen."

„Das hätte dir auch vierzig Jahre früher einfallen können."

„Manche Fragen tauchen eben etwas später auf. Es ist kein persönliches Interesse."

„Hätte mich auch gewundert. Worum geht's?"

„Um die Mondlandung im Jahr 1969."

„Jetzt überraschst du mich doch."

„Ich sagte ja, nichts Privates. Ich interessiere mich beruflich dafür."

„Und da kommst du um deinen alten Herrn nicht herum."

„Möglicherweise. Ich suche nach Original-Archivmaterial von damals."

„Hast du schon einmal vom Europäischen Astronautenzentrum in Porz gehört?"

„Ganz blöd bin ich auch nicht. Da bin ich schon gewesen. Aber man konnte mir nicht weiterhelfen."

„Warum nicht?"

„Ich suche sehr spezielles Material. Etwas, was bisher noch nicht gesichtet wurde. Die Archivarin in Porz meinte, dass mir deutsche Wissenschaftler, die damals an dem Projekt mitgearbeitet haben, vielleicht weiterhelfen könnten."

„Also hast du an mich gedacht."

„Ich kenne sonst keinen, der 1969 in Houston dabei gewesen ist."

„Wie schade."

„Also, was ist? Weißt du, wo hier in Deutschland oder auch in Europa bisher noch nicht katalogisiertes Archivmaterial von Apollo 11 gelagert sein könnte? Wo könnte ich danach suchen?"

„Vielleicht bei mir auf dem Dachboden."

„Wie bitte?"

„Meinst du vielleicht, ich hätte damals kein Material aus Houston mitgebracht? Du hast dich nur nie dafür interessiert. Es müsste noch einiges in den Pappkartons ganz hinten im großen Dachstudio liegen."

„Meinst du wirklich, der alte Kram könnte spezielle Informationen enthalten?"

„Wenn du eine bessere Alternative hast, musst du es dir ja nicht ansehen."

„Nein, nein, schon gut."

„Oh, da fühle ich mich aber geehrt, dass sich mein Herr Sohn herablässt, meine alten Unterlagen anzuschauen. Mach schon, geh hoch, bevor ich es mir noch anders überlege. Ich rauche solange im Garten eine Pfeife."

Tausende von Staubpartikeln glänzten im Licht der tief stehenden Sonne, das durch die hohe Fensterfront des Seitengiebels fiel. Sein Vater hatte das Dachgeschoss nie ausgebaut. In einer Schräge standen auf dem unverputzten Betonboden einige Kartons aus Pappe, die schon ziemlich vermodert rochen. Stephan Teller erkannte die mit schwarzem Filzstift aufgetragene Beschriftung seines Vaters. „Apollo 11" und „1969" konnte er dort lesen. Als er den ersten Karton öffnete, steigerte sich der Geruch ins nahezu Unerträgliche. Angewidert nahm der Journalist einige darin befindliche grauschwarze Aktenordner zur Hand und begann zu blättern. Maschinengeschriebene Verlaufsprotokolle fielen ihm in die Hände, Blätter mit endlosen Zahlenreihen, die er nicht zu deuten wusste, außerdem Formeln mit mathematischen Zeichen, die er noch nie gesehen hatte.

Beim nächsten und übernächsten Karton erging es ihm ähnlich. Um sich nicht selbst mangelnde Gründlichkeit vorwerfen zu müssen, öffnete er auch noch die letzte Kiste. Wieder schlug ihm dieser höchst unangenehme Geruch entgegen. Doch seine vom Rotwein geschulte Nase erkannte noch eine weitere Nuance, an die er sich bei den anderen Kartons nicht erinnern konnte. Es roch leicht verbrannt.

„… Schwarzpulver … Schießpulver …“

Hektisch nahm Stephan die beiden oberen Aktenordner aus der Kiste und warf sie achtlos über die Schulter hinter sich in den Raum. Jetzt hatte er ein in Packpapier eingeschlagenes Tuch freigelegt. Es schimmerte tiefrot durch einen Riss vorn im Einwickelpapier. Nun gab es keinen Zweifel mehr. Das Tuch roch eindeutig nach Schießpulver.

Die Mundwinkel in Wernher von Brauns glatt rasiertem Gesicht zuckten nervös, nachdem Armstrong und Aldrin sein Büro verlassen hatten. Vor ihm lag buchstäblich ein rotes Tuch. Eine Flagge. Aber nicht mit dem gelben Hammer und der Sichel, sondern mit einem großen gelben Stern, den ein Halbrund von vier kleinen Sternen umgab. Die chinesische Flagge. Bedeckt mit Mondstaub.

Armstrong funktionierte gut. Doch Aldrin benahm sich manchmal wie ein verwirrter Trottel. Viel zu nervös. Hätte er die Flagge nicht einfach in die führerlose sowjetische Mondfähre legen können, bevor diese auf ewig in die Weiten des Weltraums geschossen wurde? Aber nein, er musste sie mit auf die Erde bringen. Jetzt lag sie vor ihm, und es gab ein weiteres Problem. Von Braun schlug die Flagge in Packpapier ein und verschloss das Paket sorgfältig mit Klebeband. Danach drückte er auf den Knopf der Gegensprechanlage auf seinem Schreibtisch.

„Ja, bitte", meldete sich seine Sekretärin.

„Machen Sie für morgen, 15.00 Uhr, einen Termin mit Friedrich Teller. Er soll dann hier in mein Privatbüro kommen. Allein."

Genau 28 Stunden später saß der junge Physiker mit frisch gestutztem Schnurrbart dem Leiter des amerikanischen Raumfahrtprogramms auf einem Besucherstuhl vor dessen Schreibtisch erwartungsvoll gegenüber.

„Sie haben hervorragende Arbeit geleistet", begann Wernher von Braun. „Nicht nur fachlich, sondern auch menschlich. Sie haben sich hervorragend ins Team eingegliedert. Es gab hier nur wenige, die mit so rückhaltloser Überzeugung ihre Arbeit gemacht haben wie Sie."

Friedrich Teller nickte eifrig mehrmals hintereinander.

„Eine solche Loyalität weiß ich zu schätzen", fuhr von Braun fort. „Dafür möchte ich Ihnen ausdrücklich danken."

Der Physiker machte eine abwehrende Handbewegung.

„Ihre Bescheidenheit ehrt Sie", ergänzte Wernher von Braun.
„Ich bedaure sehr, dass Ihre Mission hier nun beendet ist und
Sie wieder nach Deutschland zurückkehren. Aber ich habe Sie
für eine leitende Position im Deutschen Forschungszentrum
für Luft- und Raumfahrt empfohlen. Außerdem habe ich ver-
anlasst, dass unsere Buchhaltung Ihnen in den nächsten Tagen
einen hohen Sonderbonus zukommen lassen wird, selbstverständlich steuerfrei."
„Mit soviel Anerkennung hätte ich nicht gerechnet. Ich weiß
gar nicht, wie ich Ihnen danken soll, Herr Direktor."
„Mit Ihrer Loyalität. Bleiben Sie einfach so, wie Sie sind. Ich
könnte mir keinen besseren Botschafter der deutsch-amerika-
nischen Freundschaft vorstellen."
„Danke, vielen Dank. Wenn ich noch etwas für Sie tun kann,
Herr Direktor …"
„Das können Sie tatsächlich."
Von Braun nahm ein leichtes Paket aus braunem Packpapier
aus seiner Schreibtischschublade.
„Nehmen Sie das hier mit nach Deutschland und verwahren
Sie es bei sich zu Hause. Niemand darf jemals davon erfahren.
Sie dürfen es auch selbst nicht öffnen."
„Ich verstehe nicht ganz."
„Das müssen Sie auch nicht. Mir reicht es zu wissen, dass ich
mich wie immer voll und ganz auf Ihre Loyalität verlassen
kann. Hier in den USA wechseln nicht nur die Regierungen
regelmäßig, irgendwann wird auch dieses Raumfahrtprogramm ein anderer leiten."
„Und dann?"
„Dann darf niemand nach mir dieses Paket in die Hände
bekommen. Packen Sie es in Ihre Tasche und halten Sie sich
genau an meine Anweisungen. Ich weiß, dass ich Ihnen vertrauen kann."
Friedrich Teller sprang auf und salutierte militärisch, obwohl
er nie im Leben eine Uniform getragen hatte: „Jawohl, Herr

Direktor. Sie können sich hundertprozentig auf mich verlassen."

„Ich weiß. Sehr schön, dann können Sie jetzt gehen. Leben Sie wohl."

Der junge Physiker wandte sich um.

„Ach, eins noch", ertönte hinter ihm Wernher von Brauns Stimme. „Sollte irgendwann einmal bei Ihnen jemand nach der Flagge suchen oder danach fragen, kontaktieren Sie mich sofort. Das ist lebenswichtig. Auch nach Jahrzehnten noch."

„Ich habe verstanden … und wenn ich Sie nicht erreichen kann, Herr Direktor, oder wenn …?"

„… es mich nicht mehr gibt? Ich verstehe, was Sie meinen, berechtigte Frage. Sie kennen doch Armstrong und Aldrin persönlich?"

„Ich habe mit beiden bei der Vorbereitung der Apollo-11-Mission einige Kontakte gehabt."

„Schön, Sie können den beiden vertrauen. Wenn ich nicht mehr leben sollte, melden Sie sich zuerst bei Armstrong und alternativ bei Aldrin, sobald jemand bei Ihnen nach der Flagge sucht."

Stephan hatte keinen Zweifel mehr. Es handelte sich bei dem roten Tuch um eine Flagge. Um die chinesische Flagge. Er riss das Packpapier ganz auf. Ein großer und vier kleine gelbe Sterne. Immer noch bedeckt von einer dünnen Staubschicht, die ganz eindeutig nach Schießpulver roch. Eine wissenschaftliche Analyse würde ergeben, dass es sich hierbei nur um Mondstaub handeln konnte. Das stand für den Journalisten außer Frage.

Mit der Flagge, an der noch Packpapierreste hingen, stürmte er die Treppe hinunter ins Erdgeschoss. Sein Vater kam mit der Pfeife im Mundwinkel in den Flur und machte große Augen, als er sah, was Stephan da in den Händen hielt.

„Dieses Paket hättest du nicht öffnen dürfen. Das habe ich ganz vergessen. Gib es mir!"

„Später."

Ohne eine Antwort seines Vaters abzuwarten oder auf dessen Protestrufe zu achten, lief der Journalist mit der Flagge aus dem Haus und stieg in sein Auto. Als er mit aufheulendem Motor losfuhr, sah er im Rückspiegel nicht einmal mehr, wie sein Vater mit geballter Faust hinter ihm auf der Straße stand und brüllte.

Stephan fuhr auf der Umgehungsstraße Richtung Autobahn und rief über seine Freisprechanlage Nina an: „Ich habe die Flagge. Du wirst nicht glauben, wo ich sie gefunden habe. Können wir uns in einer Stunde treffen?"

„Wo?"

„Am besten in meinem Büro am Mediapark. Die Kollegen sind heute nicht da, haben einen auswärtigen Termin. Dort erzähle ich dir alle Einzelheiten, dann schreiben wir die Geschichte doch noch."

„Ich bin gleich da."

Stephan wollte vor Nina im Büro sein und schon einige Vorbereitungen treffen, um sie gleich bei ihrer Ankunft möglichst umfassend zu informieren. Deshalb nahm er auf dem Rückweg die A 4 stadteinwärts. Aber dort kam er in einen Stau und wurde über die Abfahrt Frechen umgeleitet. Wieder einmal hatte sich ein Lkw quer über die Fahrbahn gestellt. Nina würde nun doch vor ihm im Büro sein.

Teller senior ließ sich schwer auf einen Holzstuhl in seiner Diele fallen. Auf einem kleinen Tisch vor ihm stand sein altes Telefon. Immer noch mit Wählscheibe. Er hatte es in den vergangenen Jahrzehnten nie für nötig befunden, den Apparat auszutauschen. Er funktionierte ja.
Friedrich Teller blätterte in seinem Telefonregister aus grünem Kunstleder. Er wusste nach all den Jahren immer noch, wem er Loyalität schuldete. Jetzt musste er Meldung machen. Unverzüglich. Werner von Braun konnte er nicht mehr anrufen. Der lebte schon lange nicht mehr.
Um den nächsten Kontakt in der Kette zu finden, musste er nicht lange blättern. Der Name begann mit einem „A“. Er rief an und hörte nur eine automatische Ansage.
„The person you have called is temporarily not available.“
Armstrong konnte er also nicht erreichen. Friedrich Teller musste aber unmittelbar eine Nachricht absetzen. Das hatte ihm von Braun damals mehr als deutlich eingeschärft. Also blätterte er in seinem Verzeichnis zur nächsten wichtigen Nummer. Diesmal meldete sich der Angerufene schon nach dem zweiten Klingeln: „Buzz Aldrin.“
„Buzz, hier ist Friedrich, Friedrich Teller.“
„Freddie, alter Freund. Ich hatte deinen Nachnamen ganz vergessen. Wir haben uns ja damals in Houston alle nur beim Vornamen genannt, seltsam.“
„Warum ist das seltsam?“
„Ein Mann aus Deutschland hat mich vor kurzem besucht, der hieß auch so, Teller. Nicht jung, aber auch nicht so alt wie wir. Ein Journalist, komischer Zufall.“

„Ich fürchte, das war kein Zufall. Das muss mein Sohn gewesen sein."

„Verdammt, dein Sohn. Hätte ich mir gleich denken können, genauso unbeirrbar wie du. Was habt ihr da vor in Deutschland, was läuft da schief?"

„Ich weiß es nicht."

„Komm schon, alter Junge, er ist dein Sohn."

„Ja, leider. Aber er hatte schon immer seinen eigenen Kopf. Ich weiß nicht genau, womit er sich zur Zeit beschäftigt."

„Aber irgendetwas hast du mitbekommen, sonst würdest du jetzt nicht anrufen."

„Ja. Und ich glaube, es ist nichts Gutes. Stephan ist gerade bei mir gewesen."

„Was hat er gewollt?"

„Er wollte sich meine alten Unterlagen von 1969 ansehen. Ich habe ihn ein bisschen auf meinem Dachboden stöbern lassen. Das könnte ein schwerer Fehler gewesen sein."

„Wieso?"

„Plötzlich kam er mit einem roten Tuch die Treppe heruntergestürmt. Ein rotes Tuch mit gelben Sternen. Das muss eine Flagge gewesen sein."

Aldrin atmete tief ein, seine Stimme wurde dünner und höher: „Die Flagge … du hattest sie die ganze Zeit … Hast du … hast du sie ihm wieder abgenommen?"

„Wie denn? Er sprang damit in sein Auto und fuhr mit Vollgas davon."

Die Stimme des alten Astronauten klang jetzt immer schriller: „Die Apokalypse kommt, der Mond wird wie Blut. Herr, verbirg mich vor deinem Angesicht. Die Sterne fallen … die Sterne … die gelben Sterne … jetzt wird alles offenbar …"

„Buzz … geht's dir gut? … Buzz?"

Friedrich Teller starrte verblüfft auf den Telefonhörer in seiner Hand. Die Leitung war tot.

Zu Stephan Tellers Büro neben dem Mediapark gehörte ein kleiner Innenhof, achteckig, mit einem Durchmesser von vielleicht sechs Metern. An den Seitenwänden wucherten Farne, in der Mitte lag ein kleiner Teich. Auf dem zwei Meter breiten Rasenstreifen um den Teich herum stand ein untersetzter Mann und rauchte eine Zigarre. Ein anderer Mann, unscheinbar im grauen Anzug mit schütterem Haar, verließ gerade das Büro. Unter seinem Arm trug er ein kleines braunes Bündel. Aus dem aufgerissenen Packpapier schimmerte roter Stoff hervor.

Stephan und Nina wanden sich verzweifelt in der offenstehenden breiten Glastür, die zum Innenhof führte. Doch vergeblich. Jeder der beiden Ermittler wurde von zwei Agenten in eisernem Griff gehalten.

„Was soll das?", schimpfte Stephan. „Wie haben Sie uns überhaupt gefunden?"

Der Mann auf dem Rasen wandte Teller das leicht gerötete Gesicht mit dem fliehenden Kinn zu.

„Die Anschrift Ihres Büros steht im Telefonbuch."

„Hören Sie mit den dummen Spielchen auf, Kleve! Woher wussten Sie, dass wir genau jetzt mit der Flagge eintreffen würden?"

„Na ja, etwas später, als Sie sich am Telefon verabredet haben, sind Sie schon gekommen. Aber wir hören auch die Verkehrsmeldungen im Radio und wussten, dass Sie sich wegen des Staus auf der A 4 verspäten würden. Also haben wir zuerst Frau Speyer abgefangen."

„Der Bundesnachrichtendienst hört mich also ab."

„Das brauchen wir gar nicht. Wenn nicht gerade ein toter Mann auf dem Mond gefunden wird, sind unsere amerikanischen Freunde sehr auskunftsfreudig. Die NSA hört alles und gibt es an uns weiter, in Echtzeit."

Kleve gab seinen Männern einen Wink: „Wir sind hier fertig, ihr könnt die beiden jetzt loslassen."

Stephan Teller schüttelte seine Schultergelenke und schnaubte geräuschvoll: „Verstehe, aber was ich nicht verstehe, ist, warum Sie uns die Flagge abgenommen haben. Jetzt ist uns der letzte Beweis entzogen, dass amerikanische Astronauten 1969 mit sowjetischer Unterstützung auf dem Mond einen Mann ermordet haben, der dort die chinesische Flagge gehisst hat. Was haben Sie davon?"

Zur gleichen Zeit steht eine alte Frau auf der Dachterrasse ihrer Penthousewohnung in Hongkong und beobachtet dicht über den Dächern den niedrigen Landeanflug eines Düsenjets auf den Flughafen der Stadt.

Jelena Jurischewa führte in China kein schlechtes Leben. Die Chinesen überhäuften sie nach ihrer Ankunft dort vor über vierzig Jahren zwar nicht mit Luxus, aber sie ließen sie gewähren. Das bedeutete mehr Freiheit für die russische Ärztin, als sich die meisten Chinesen je erträumen konnten. Sie nutzte diese Chance, nicht nur für sich, sondern auch für die kleine Katharina. Mutter und Tochter wurden sehr wohlhabend.

Vor fünfzehn Jahren, nach der offiziellen Übertragung der britischen Kronkolonie an die Volksrepublik China, war sie von Peking hierhin umgezogen. Die geschäftstüchtige alte Dame nutzte die Möglichkeiten, die ihr die Freihandelszone bot. Sie eröffnete dort zwei orthopädische Privatkliniken. Zwar unterhielt sie zuvor schon neun andere solcher Einrichtungen in Städten wie Shanghai und Peking, doch mit den beiden Standorten in Hongkong konnte sie ihr Vermögen vervielfachen. Denn hier verkehrte internationales Publikum. Im chinesischen Binnenland versorgte sie hohe Parteifunktionäre aus der ganzen Republik. Hier ein künstliches Hüftgelenk, dort eine Kniegelenk-Operation. Das wurde sehr gut entlohnt. Doch kein Vergleich mit ihrem neuen Wohnort. In Hongkong wurden Milliardäre aus der ganzen Welt ihre Patienten. Amerikaner, Briten, Franzosen, Deutsche ... und auch Russen.

Längst operierte Jelena nicht mehr selbst. Eine kleine Armada angestellter Ärzte stand ihr zur Verfügung. Ihre Tochter Katharina hatte Kunstgeschichte studiert und einen koreanischen Arzt geheiratet, der ebenfalls nach China eingewandert war. Schon vor über zehn Jahren hatte Jelenas Schwiegersohn die Leitung der Klinikgruppe übernommen.

Sie beneidete den jungen Mann nicht um die viele Arbeit, die ihn nun schon seit geraumer Zeit in Anspruch nahm. Auch

*nicht um seine Kontakte zu den russischen Patienten. Schon
vor über vierzig Jahren hatte sie die Hoffnung aufgegeben,
noch etwas über ihren Boris zu erfahren, der von seiner geheimen Reise zum Mond nie zurückgekehrt war. Als kein russisches Raumschiff auf chinesischem Boden landete und die
chinesischen Behörden ihr auf ihre Anfragen keine Auskunft
geben konnten, wusste sie sofort, was das bedeutete.*

*Die Weltpresse hatte von der Mission ihres Mannes nie Notiz
nehmen können, nicht einmal von seiner Existenz. Jelena Jurischewa trauerte. Wenigstens den Namen ihres Mannes hatte
sie behalten dürfen. Keine Gefahr, denn den kannte ja keiner.
Doch mehr Erinnerungen oder gar Nachforschungen gestand
ihr die chinesische Führung nicht zu. Langsam verstand sie,
warum.*

*Doch einen späten Triumph könnte es noch geben. Gedan-
kenverloren steckte sie ihr Handy in die Tasche. Gerade hatte sie ein faszinierendes Telefongespräch mit einem Anschluss
in Deutschland geführt. Nun fühlte Jelena sich aufgewühlt,
beinahe elektrisiert wie seit vielen Jahrzehnten nicht mehr.
Sie wünschte sich so sehr, diesen Augenblick noch erleben zu
dürfen.*

Kleves Gesicht rötete sich noch eine Spur tiefer: „Sie verstehen überhaupt nichts!"

„Das müssen Sie gerade sagen. Ohne meine Recherchen hätten Sie doch selbst nichts verstanden. Sie wären nie dahintergekommen, was 1969 auf dem Mond gelaufen ist."

„Wäre auch besser so gewesen."

„Wie bitte? Wer hat mich denn beauftragt, das herauszufinden?"

„Und wer hat Ihnen schon viel früher gesagt, dass Sie Ihre Recherchen abschließen sollen?"

„Ich denke, Spione wollen immer alles wissen?"

„Aber die Politik nicht. Nur darum geht es hier."

Nina sah resigniert zu Boden, Stephan warf entnervt die Arme in die Luft.

„Ah, verstehe, es geht nicht um Mord, nicht um Gerechtigkeit und auch nicht um die Wahrheit, nicht einmal um eine historische Wahrheit. Nur um Politik."

„Sie sagen es. Auch wenn Sie gar nicht begreifen, was Sie da aussprechen."

„So etwas will mir tatsächlich nicht in den Kopf."

„Die Bundesregierung erwartet von mir, dass ich dafür sorge, dass Ihre Nachforschungen im Sande verlaufen. Keine Ergebnisse, keine offiziellen Belege, nichts ist erwünscht."

„Was hat die Bundesregierung denn davon? Unser Land war doch an den Ereignissen damals überhaupt nicht beteiligt."

„Es geht um internationale Beziehungen. Heute."

„Sie wollen mir doch nicht erzählen, dass den Deutschen soviel daran gelegen ist, dass die Sowjetführer von damals als Musterknaben dastehen? Die amerikanische Regierung hat auch längst gewechselt."

„Es geht nicht um die Russen und auch nicht um die Amerikaner."

„Um wen denn dann?"

„Kommen Sie immer noch nicht dahinter? Sie wollen doch ein investigativer Journalist sein. China ist das Land der Zukunft."

„Was sollen die Chinesen denn befürchten? Die haben weder einen Mann auf dem Mond ermordet noch dazu angestiftet."

„Aber sie haben den Mann damals bestochen. Sie wollten sich mit fremden Federn schmücken und eine chinesische Flagge auf dem Mond hissen lassen. Obwohl sie gar nicht die Technologie hatten, dorthin zu fliegen."

„Ist das denn so schlimm?"

„In Zeiten der Markenpiraterie schon. Die Chinesen wollen endlich von ihrem Plagiator-Image wegkommen. Gerade jetzt wäre die Veröffentlichung einer solchen Geschichte für die Volksrepublik China fatal."

„Deshalb also wurde unsere Arbeit immer wieder sabotiert."

„Wir haben Sie gewarnt, aber wir waren nicht daran beteiligt. Auch nicht die russische oder die amerikanische Regierung. Armstrongs russische Killertruppe wurde unmittelbar aus chinesischen Staatsgeldern finanziert."

„Das muss ich erst einmal verdauen."

„Es geht ums Geld, wie immer. Die deutsch-chinesischen Wirtschaftsbeziehungen werden zunehmend wichtiger."

„Dafür kann man auch einen Mord vertuschen", stieß Stephan zwischen zusammengepressten Lippen hervor.

Kleves Stimme wurde höher. „Sie begreifen die Dimensionen immer noch nicht. Der chinesische Regierungschef hat persönlich bei der Bundesregierung darum ersucht, das Thema mit äußerster Diskretion zu behandeln."

„Eine solche Bitte kann man einem so wichtigen Mann wohl kaum abschlagen", bemerkte Stephan süffisant.

„Was glauben Sie denn, warum wir uns die ganzen Bürgschaften und Zahlungen leisten können, um den krisengeschüttelten Euro in ganz Europa zu stützen? Ohne die Chinesen geht da kaum noch etwas."

„Na gut, die haben Sie in der Hand. Darauf müssen Sie Rücksicht nehmen. Ich aber nicht."

„Was meinen Sie damit?"

„Auch wenn ich die Geschichte nicht mehr belegen kann, kann ich immer noch einige Gerüchte lancieren. Über Printmedien, mehr noch virtuell über Social Networks."

„Das werden Sie nicht wagen."

„Warten Sie's ab."

„Ich glaube nicht. Sie haben jetzt auch eine Leiche im Keller. Oder zumindest im Museum."

„Was soll das jetzt wieder?"

„Der tote Fotograf in Houston, eindeutig ermordet, mit einem Einschussloch in der Stirn. Es gibt mehrere glaubhafte amerikanische Zeugen, die den Mann zuletzt lebend mit Ihnen gesehen haben. Wir konnten unsere amerikanischen Freunde bisher überzeugen, hier keine Ermittlungen gegen Sie einzuleiten …"

„Das ist Erpressung!"

„So läuft das internationale Informationsgeschäft. Sobald wir unsere schützende Hand zurückziehen, wird ein Verfahren gegen Sie in Gang gesetzt. Unser Auslieferungsabkommen mit den USA ist übrigens lückenlos."

„Freiheit oder Schweigen."

„Tod oder Schweigen, würde ich sagen. In den USA gibt es immer noch die Todesstrafe. Nach einer Auslieferung würden Sie selbstverständlich nach amerikanischem Recht verurteilt." Paul Kleve wandte sich zur Tür.

„Ich verstehe trotzdem nicht, was Sie mit der Flagge wollen", wandte Stephan ein. „Warum haben Sie sie nicht einfach verbrannt?"

„Die Flagge hat noch eine große Zukunft."

Nur 48 Stunden später empfing Jelena Jurischewa auf ihrer Dachterrasse Besuch aus Deutschland. Ein kräftig gebauter Mann mit mittelblonden Haaren hatte am gleichen Vormittag auf dem Flughafen in Hongkong ausgecheckt. Er trug eine dunkle Lederjacke.

Felix Stridner umarmte die alte Dame herzlich. Schon als kleiner Junge hatte er in ihrem Garten in Peking gespielt. Sein Großvater Otto Stridner hatte ihn damals zu einem seiner letzten Besuche bei Jelena mitgenommen. Seit einigen Jahren lebte Otto nicht mehr. Aber Felix hatte den Kontakt weiter geführt. Auch aus beruflichen Gründen. In diesem Fall konnte er zwischen Privatleben und seinem professionellen Engagement eigentlich gar nicht richtig unterscheiden. Denn Felix hatte die gleiche Laufbahn eingeschlagen, die auch sein Großvater schon vor zwanzig Jahren recht erfolgreich abgeschlossen hatte. Die Tätigkeit für den Bundesnachrichtendienst lag ihm im Blut.

Und er hatte auch die Ratschläge seines Großvaters zu schätzen gewusst. Otto hatte noch vor seinem Ausscheiden den damals aufstrebenden jungen Abteilungsleiter Paul Kleve kennengelernt. Als dieser zum Präsidenten des BND aufrückte und Felix sich dort seine ersten Sporen verdiente, hatte der Großvater ihn gewarnt: „Trau dem Mann nicht, der ist eiskalt. Den interessieren nur seine Karriere und die Interessen seiner Vorgesetzten, da kennt er weder Freund noch Feind. Im Zweifel würde der sich niemals hinter seine Leute stellen."

Felix wusste, dass er sich auf Ottos Menschenkenntnis verlassen konnte. Deshalb gab er dem Präsidenten des BND auch nie seine Kontakte zu Jelena preis. Wenn er sie in den vergangenen Jahren besuchte, geschah dies immer nur in seinem Urlaub auf eigene Kosten. Oder Jelena bezahlte den Flug.

Paul Kleve verwechselte die kühle Distanziertheit Felix Stridners mit abgeklärter Professionalität und zeigte sich beeindruckt. Er machte den jungen Mann zu einem seiner persön-

lichen Assistenten, die ihn bei diskreten Missionen begleiteten.
So auch bei seinen Kontakten mit Stephan Teller. Dass er mehr
wusste als alle anderen Beteiligten, ließ er nie durchblicken.
Doch einige wesentliche Detailkenntnisse erhielt auch Felix
erst durch Stephans Recherchen. Und nun befand er sich auf
einer Dachterrasse in Hongkong, um diese Details mit Jelena
zu vertiefen, nachdem er sie am Telefon zunächst nur andeu-
tete. Dass sie ihm zum Dank eine größere Menge Bargeld in
einem Umschlag über den Tisch schob, war ihm dabei nicht
unwillkommen.

„Das Geld ist nur ein kleines Zeichen meiner Anerkennung
für deine Treue und Verschwiegenheit", bemerkte Jelena.
„Auch wenn ich von den letzten Wendungen dann doch ein
wenig enttäuscht bin. Ich hätte mir gewünscht, dass das An-
denken meines verstorbenen Mannes endlich öffentlich gewür-
digt wird. Aber jetzt sieht es so aus, als würde wieder alles
unter den Teppich gekehrt."

„Es scheint zumindest sehr schwierig, daran jetzt noch etwas
zu ändern."

„Das ist ja auch nicht deine Schuld. Die wesentlichen Ent-
scheidungen finden auf anderen Ebenen statt, du gibst mir
nur vertrauliche Informationen weiter. Und dafür bin ich dir
sehr dankbar."

„Ein wenig konnte ich schon bewirken. Aber ich weiß nicht,
ob es reicht."

Felix Stridner dachte an sein Gespräch mit Paul Kleve vor
einigen Tagen zurück. Sie fuhren gerade zu Stephan Tellers
Büro, um ihm die Flagge abzunehmen. Er steuerte den Wa-
gen, sein Chef saß auf dem Beifahrersitz.

„Ich bin es so leid!", ereiferte sich Kleves hohe Stimme. „Wenn wir gleich die Flagge in Händen halten, werden wir sie sofort verbrennen. Oder besser noch in ein Säurebad werfen, damit auch ja nichts mehr davon übrig bleibt."

Felix Stridner runzelte die Stirn und wiegte bedächtig den Kopf.

„Was ist?", stieß Kleve ruppig hervor.

„Nichts Besonderes. Bestimmt ist es befreiend, wenn diese Geschichte endlich ein Ende hat. Ich musste nur gerade daran denken, was Sie einmal über gute Geheimdienstarbeit gesagt haben."

„Was denn?"

„Dass professionelle Aktionen immer einen mehrfachen Nutzen bringen sollten."

„Stimmt."

„Wenn wir die Flagge vernichten, ist sie weg. Dann kann sie uns zwar nicht schaden, aber auch nicht mehr nützen. Dabei ist sie nun doch wirklich ein unschätzbares Unikat."

„Die Öffentlichkeit darf niemals etwas über ihre Herkunft erfahren."

„Muss sie ja auch nicht. Aber diese mit Mondstaub bedeckte chinesische Fahne könnte für uns noch einmal ein unschätzbares Pfand sein. Oder ein wertvolles Symbol."

„Interessante Überlegung. Was könnte man Ihrer Ansicht nach damit anfangen, wenn man sie nicht vernichtet?"

„Ich habe mir da ein paar Gedanken gemacht."

„Lassen Sie hören …"

Das Gesicht der alten Dame leuchtete auf, als Felix ihr auf ihrer Dachterrasse nun von diesem Gespräch erzählte.

„Dann ist doch noch nicht alles verloren."

„Das nicht. Nur scheint es noch ein weiter Weg zu sein, bis die Wahrheit ans Licht kommt."

„Ein sehr weiter."

„Wir wissen auch nicht, ob das Ziel jemals erreicht wird."

„Aber die Flagge ist noch im Spiel."

„Schön, dich wiederzusehen."

„Wir haben doch erst vor ein paar Stunden telefoniert, Stephan."

„Ich freue mich trotzdem. Im Büro konnte ich mich einfach nicht auf die Arbeit konzentrieren."

„Du wirst doch nicht auf deine alten Tage noch anhänglich werden?"

„Ich möchte jedenfalls nicht den Kontakt zu dir verlieren. Auch wenn wir jetzt nicht mehr zusammenarbeiten, Nina."

„Vielleicht kann das mit uns ja noch was werden."

„Mal sehen."

„Lassen wir's langsam angehen."

„In aller Ruhe mit einem Gläschen Wein. Ich habe uns etwas mitgebracht."

Stephan zog eine Flasche Rosé in einer Kühlmanschette aus der ausgebeulten Tasche seine Leinenjacketts.

Nina blinzelte: „Kein Rotwein heute?"

„Der Mensch muss flexibel bleiben. Ich dachte, das passt zum heutigen Abend besser, zur Stimmung und auch zum Essen."

Nina zog ihre Strickjacke enger um sich. „Dann lasse ich mich gern einmal wieder überraschen."

Nina und Stephan saßen gegen sieben Uhr abends an einem einfachen Holztisch vor dem Hyatt-Hotel in Köln-Deutz am Rheinufer. Die Sonne versank in rötlichem Licht hinter dem Fluss, der gerade aufgegangene Mond erschien nur als schwache Silhouette im schwindenden Tageslicht. Mit dem Einbruch der Dunkelheit begannen die Temperaturen an diesem Spätsommerabend schon etwas zu fallen, doch die Luft fühlte sich immer noch angenehm an.

An einer gehobenen Selbstbedienungstheke in einer hölzernen Bretterbude, die zur Außengastronomie des Hotels gehörte, hatte Stephan zweimal ‚Fish and Chips' geholt. Nina fuhr sich mit der Zungenspitze über die Oberlippe.

„Nicht Weißwein, sondern Rosé zum Fischfilet. Mal was anderes."

„Der passt nicht nur gut zum Fisch, sondern auch zum Rhein. Kommt von einem Weingut in Bacharach am Mittelrhein."

„Schön, dass du immer noch der Alte bist."

„Ich weiß nicht, wie's dir gegangen wäre. Aber an dem Abend, nachdem uns Kleve in meinem Büro vor fünf Tagen die Flagge abgenommen hat, hätte mir der Wein noch nicht geschmeckt."

„Stimmt, doch das Leben geht weiter, und die Gerechtigkeit nimmt ihren Lauf."

„Manchmal langsam, manchmal gar nicht."

„Liest du eigentlich keine Zeitung? Du bist mir ja ein toller Journalist."

„Ich schreibe die Zeitung. Da habe ich keine Lust, nach der Arbeit auch noch darin zu lesen."

„Solltest du aber. Heute stand etwas über Armstrong und Aldrin drin."

„Warum sagst du das nicht gleich?"

„Also interessiert dich die Zeitung doch. Dann will ich mal nett sein und dir daraus etwas vorlesen."

Nina rief eine Nachrichtenseite auf ihrem Smartphone auf und begann daraus zu zitieren: „Wie erst jetzt bekannt wurde, nahm sich der ehemalige Astronaut Edwin Aldrin vor vier Tagen im Alter von 82 Jahren das Leben. Er stürzte sich vom ‚Skywalk', einer von ihm selbst vor einigen Jahren eingeweihten gläsernen Aussichtsplattform über den Grand Canyon."

„Sehr sinnig", kommentierte Stephan.

„Ruhig, du willst doch noch mehr wissen, hör zu, was die weiter schreiben: ‚Angeblich hinterließ Aldrin einen Abschiedsbrief mit spektakulären Enthüllungen. Die CIA nahm diesen Brief unter Verschluss.'"

„Was darin wohl gestanden haben mag?", bemerkte Stephan mit ironischem Unterton und nippte an seinem Rosé.

„Spar dir die überflüssigen Bemerkungen", rügte ihn Nina.

„Es geht noch weiter: ‚Nur zwei Tage später erlag sein ehemaliger Teamkollege Neil Armstrong, der erste Mensch auf dem Mond, den Folgen eines schweren Herzinfarkts. Über Hintergründe und mögliche Zusammenhänge ist nichts bekannt.'"

Stephan seufzte. „Wo nur die Flagge sein mag? Ohne sie wird die wahre Geschichte nie ans Tageslicht kommen, dafür hat Kleve gesorgt."

„Du hast doch darüber nachgedacht, einige Gerüchte online zu lancieren. Aber vielleicht ist das auch zu gefährlich, wir müssen das ja nicht jetzt entscheiden. Der Fisch war wirklich wunderbar frisch, ich hole uns jetzt zum Nachtisch noch einen kleinen Ziegenkäse."

Mit diesen Worten verschwand Nina hinter Stephans Rücken zum Buffet. Sie bemerkte den Mann mit der dunklen Jacke nicht, der eingeklemmt zwischen Touristen auf einer der vollen Holzbänke saß. Er stand erst auf, nachdem die Agentin seine Sitzreihe passiert hatte und sich in die Schlange der anderen Hungrigen stellte. Leicht hinkend schlurfte der Mann auf den Journalisten zu.

Stephan hob sein Glas und beobachtete nachdenklich, wie sich die Strahlen der untergehenden Sonne dezent in der rosa Flüssigkeit spiegelten. Plötzlich erstarrte er. Er spürte ein Stück kalten Stahl in seinem Nacken. Der Journalist musste es nicht sehen, um zu wissen, dass es sich um den Schalldämpfer einer Beretta handelte. Die letzten Zweifel bestätigte die raue Stimme mit dem starken slawischen Akzent: „Das war's. Jetzt wirst du niemandem mehr etwas erzählen."

Dann fiel der Schuss. Danach hörte man nur noch das Geräusch des splitternden Weinglases.

Die Kugel war ins Genick eingedrungen und hatte den Hals komplett durchschlagen. Bei ihrem Austritt zerschmetterte sie den Kehlkopf von hinten. Der Getroffene hatte keine Überlebenschance.

In Sevilla hatte sich die Hitze an diesem Spätsommerabend anders als in Köln gehalten. Kleves feiste bleiche Beine wirkten in Shorts nicht gerade vorteilhaft. Doch eine lange Hose hätte er in der schweißtreibenden Windstille auf dem menschenleeren Gelände der ehemaligen Weltausstellung einfach nicht ausgehalten.

Wenigstens die rote Flagge, die er bei sich trug, hatte man sicher in luftdichtes Cellophan eingeschweißt. Schritte hallten auf dem weiten Platz mit dem Springbrunnen, der keine Kühlung brachte. Sein Kontaktmann traf ein. Jorge Vargas schien auch in langen Hosen nicht zu schwitzen. Seine schmale Gestalt bildete einen auffälligen Kontrast zu Kleves Figur. Der Chef des Bundesnachrichtendienstes begrüßte den spanischen Wissenschaftler wortlos mit knappem Handschlag.

Der Spanier hob eine Augenbraue: „Sie haben etwas für mich?"

„Ihnen ist klar, dass das absolut vertraulich ist?"

„Man hat mich instruiert."

„Wer?"

„Meine Regierung."

„Wer noch?"

„Meine Vorgesetzten bei der ESA."

„Gut. Dann nehmen Sie dieses Paket an sich."

„Was soll ich damit?"

„Man wird Sie beizeiten informieren. Sprechen Sie bis dahin mit niemandem darüber, alles andere ist zu gefährlich. Sie wären nicht der Erste, der deshalb gestorben ist."

Jorge Vargas war als spanischer Projektleiter bei der ESA unter anderem für die Beladung eines unbemannten Raummobils zuständig, das in wenigen Monaten mit einer Trägerrakete in den Orbit geschossen werden sollte. Bald würde er die Anweisung erhalten, die chinesische Originalflagge mit an Bord zu nehmen. Dass genau diese Flagge vor über vierzig Jahren

schon einmal auf dem Mond gehisst wurde, sollte er nie er-
fahren.

Die Chinesen würden sich über die freundliche Geste der Eu-
ropäer freuen, die im Zeichen der Völkerverständigung am
Zielort ihrer nächsten Weltraummission durch einen Roboter
eine chinesische Fahne aufziehen wollten. In beiderseitigem
Interesse sollte sich diese vertrauensbildende Maßnahme äu-
ßerst vorteilhaft auf die europäisch-chinesischen Wirtschafts-
beziehungen auswirken.

Das Aurora-Programm der ESA hatte die Erforschung des
Mondes sowie eines weiteren Himmelskörpers zum Ziel. Für
den zweiten Teil des Programms zeichnete Jorge Vargas ver-
antwortlich.

Und so schickte er die chinesische Flagge auf den Flug zum
Mars.

Nina beugte sich über die Leiche auf dem Boden und fühlte den Puls. Keiner der anwesenden Gäste vor dem Hyatt rührte sich vom Fleck. Dann holte sie ihr Smartphone aus der Tasche und wählte die Nummer des polizeilichen Bereitschaftsdienstes.

„Todesfall nach Schusswechsel vor der Außengastronomie des Hyatt", meldete sie mit kühler Professionalität.

Minuten später wimmelte es bereits von Mitarbeitern der Spurensicherung und Ermittlern der Kriminalpolizei.

Nina erklärte ihnen, dass es sich hier um das Opfer einer Auseinandersetzung in einer internationalen Spionageaffäre handelte. Sie zeigte ihren Ausweis als Mitarbeiterin des BKA. Damit blieb sie selbst unbehelligt und musste keine unliebsamen Fragen beantworten. Nur ihre Walther PPK gab sie zur ballistischen Untersuchung ab.

„Wenn es hier nicht um Leben und Tod ginge, wäre es fast komisch", meinte Stephan.

„Was meinst du?"

„Diesmal hat die Kugel nicht seine Kniekehle, sondern seinen Kehlkopf durchschlagen."

Nina lächelte halbherzig und zog die Strickjacke über ihr nun leeres Schulterholster. Als sie sich vorhin in der Schlange vor dem Buffet noch einmal umgedreht hatte, sah sie den hinkenden Mann, der mit gezogener Pistole auf Stephans Rücken zuging. Sie hatte wie auf Autopilot geschaltet reagiert und sofort ihre antrainierten Mechanismen abgespult. Sie machte zwei Schritte aus der Menge heraus und ging einige Meter auf den Angreifer zu. Als sie sah, wie er die Beretta an Stephans Nacken hob und leise etwas murmelte, zog sie in einer fließenden Bewegung ihre Walther unter der Achsel hervor und gab einen gezielten Schuss auf das Genick des Russen ab. Keine Sekunde zu spät, bevor dieser seinen Finger um den Abzug krümmen konnte. Nun lag statt des Journalisten der Mann in der dunklen Jacke tot am Boden.

„Ob seine Auftraggeber diesen Anschlag wirklich auch noch befohlen hatten?"

Stephan sah Nina mit zweifelndem Blick an, bevor er antwortete: „Wer weiß, vielleicht wollte er auch nur selbst Rache nehmen. Das werden wir nie erfahren."

„Genau wie die anderen Geheimnisse um seinen Tod, die wohl nie öffentlich bekannt werden."

„Sieht so aus. Ich glaube kaum, das ich die Story jemals in einer Zeitung erzählen kann."

„Dann schreib doch einen Roman darüber!"

Nachbemerkung des Autors

Die vorliegende Geschichte ist frei erfunden. Der Autor legt Wert auf die Feststellung, dass auf dem Mond nie eine Leiche gefunden wurde und dort kein Astronaut jemals einen Mord begangen hat. Neil Armstrong und Edwin Aldrin sind und waren selbstverständlich ehrenhafte Menschen, die in ihrem Leben Bewundernswertes geleistet haben. Abgesehen von Leichenfund, Mord und dessen Aufklärung sowie der Vorgeschichte sind alle Fakten rund um die Mondlandung stimmig und getreu den tatsächlichen historischen Ereignissen wiedergegeben. Insbesondere die Angaben von Orten, Daten und Uhrzeiten sowie die damals und auch heute noch schwer nachvollziehbare dramatische Verzögerung des Landeanflugs stimmen mit den Originalprotokollen, Filmübertragungen und Fernsehberichten aus dem Juli 1969 überein. Ein besonderer Dank geht an einen persönlichen Freund, der aus beruflichen Gründen lieber ungenannt bleiben möchte und mit seinen Erfahrungen aus der Welt der Geheimdienste zu realistischen Schilderungen der erdachten nachrichtendienstlichen Geschehnisse auf der Erde wesentlich beitrug.